CHEGOU O GOVERNADOR

BERNARDO ÉLIS EM BICO-DE-PENA DE LUÍS JARDIM

BERNARDO ÉLIS
(da Academia Brasileira de Letras)

CHEGOU O GOVERNADOR

Romance

4ª edição

JOSÉ OLYMPIO
EDITORA

© *Bernardo Élis, 1987*

Reservam-se os direitos desta edição à
LIVRARIA JOSÉ OLYMPIO EDITORA S.A.
Rua da Glória, 344/4º andar
Rio de Janeiro, RJ – República Federativa do Brasil
Printed in Brazil / Impresso no Brasil

ISBN 85-03-00160-8

Capa
MAURÍCIO DE OLIVEIRA

Diagramação
ANTONIO HERRANZ

Editoria
FÁTIMA PIRES DOS SANTOS

Arte
LUIZA FIGUEIREDO
SIDNEI M. COUTO

Revisão
ADENILSON ALVES CORDEIRO
JOAQUIM DA COSTA
EDUARDO C. M. VIANNA
LIANE L. BENINATTO
PRISCILA N. LAZOSKI

CIP-Brasil. Catalogação-na-fonte
Sindicato Nacional dos Editores de Livros, RJ

E42c

Élis, Bernardo, 1915-1997
 Chegou o governador / Bernardo Élis. – 4. ed. – Rio de Janeiro: José Olympio, 1998.

1. Ficção Brasileira. I. Título.

98-0884

CDU – 869-93

SUMÁRIO

Dados biográficos de Bernardo Élis, ix

Bibliografia de Bernardo Élis, xi

CHEGOU O GOVERNADOR

I – Febre com delírio, 5

II – Febre sem delírio, 97

III – Prostração, 127

IV – Epílogo indispensável talvez, 151

"A obra de Bernardo Élis é de verdade social impressionante e uma criação lingüística de uma beleza e de uma originalidade absolutamente singulares. O estudo do seu estilo já está em ponto de merecer uma análise lingüística científica, tal a sutileza da sua oralidade. Pois se trata da oralidade estilística em uma de suas manifestações mais ricas e felizes. É uma fusão rara entre o falar culto e o falar popular, sem aquele paralelismo tão freqüente e tão chocante nos maiores escritores regionalistas, como no próprio Coelho Neto, e que esse goiano de Corumbá realizou de modo notável."

TRISTÃO DE ATHAYDE

DADOS BIOGRÁFICOS
DE BERNARDO ÉLIS

BERNARDO ÉLIS é o nome literário de Bernardo Élis Fleury de Campos Curado, nascido em Corumbá de Goiás (GO), em 15 de novembro de 1915, filho do poeta Erico José Curado e sua mulher Marieta Fleury Curado. Morreu em 30 de novembro de 1997. As primeiras letras fez em casa com os pais, o curso ginasial no Liceu de Goiás, da antiga capital do estado, o curso jurídico em Goiânia, onde passou a residir desde 1939. Iniciou-se na carreira pública como secretário da Prefeitura Municipal de Goiânia, quando por duas vezes exerceu as funções do prefeito da capital; ingressou depois no magistério como professor da Escola Técnica Federal de Goiânia, lecionando ainda nos Colégios Estadual e Municipal e na rede de ensino gratuito, havendo antes desempenhado as funções de técnico cooperativista do Departamento Estadual de Cooperativismo.

Foi co-fundador, vice-diretor e professor do Centro de Estudos Brasileiros, da Universidade Federal de Goiás, daí passando a professor de Literatura da Universidade Católica e em vários cursos preparatórios ao vestibular das universidades.

Foi o fundador da União Brasileira de Escritores de Goiás, cuja presidência ocupou diversas vezes; e membro da Academia Goiana de Letras, da Academia Brasiliense de Letras, do Instituto Histórico e Geográfico de Goiás e da União Nacional de Escritores de Brasília, da qual foi presidente.

Participou ativamente dos acontecimentos literários a partir de 1934, fundando e dirigindo órgãos culturais aparecidos no Brasil Central, nos quais colaborou. Participou dos Congressos

Brasileiros de Escritores realizados em São Paulo, Belo Horizonte, Porto Alegre e Goiânia, do Encontro das Academias de Letras em Goiás (1972), do Congresso de Jornalistas e Escritores. Promoveu o I Curso de Literatura em Goiás (1953) e realizou quase uma centena de palestras, conferências e cursos literários.

Como advogado, militou nos foros de Goiânia, Anápolis, Inhumas e outras cidades.

Nos últimos anos, desempenhou a função de assessor cultural junto aos Escritórios de Representação do Estado de Goiás, no Rio de Janeiro e em Brasília, e reassumiu o cargo de professor da Universidade Federal de Goiás, exercendo ainda a função de diretor adjunto do Instituto Nacional do Livro (MEC), em Brasília. Foi conselheiro do Conselho Federal de Cultura, do Minc, e do Conselho Estadual de Cultura de Goiás.

Pertenceu à Academia Brasileira de Letras, onde ocupou a Cadeira nº 1, para a qual foi eleito em 23 de outubro de 1975, tendo sido ali recebido em 10 de novembro do mesmo ano pelo acadêmico Aurélio Buarque de Holanda Ferreira. Foi o primeiro goiano a ingressar na Casa de Machado de Assis.

Agraciado pelo então presidente Sarney, recebeu a insígnia e o diploma da Ordem de Rio Branco, no grau de Grande Oficial.

Foi casado com a professora e pintora Maria Carmelita Fleury Curado.

BIBLIOGRAFIA
DE BERNARDO ÉLIS

ROMANCE

O Tronco. São Paulo, Martins, 1956; 2. ed., refundida, Rio de Janeiro, José Olympio, 1967. Prêmio Jabuti da Câmara Brasileira do Livro, 1968; 3. ed., Rio de Janeiro, José Olympio (Coleção Literatura Contemporânea), Civilização Brasileira/Três, 1974; 4. ed., São Paulo, Círculo do Livro/Abril, 1974; 5. ed., Rio de Janeiro, Brasília, José Olympio/INL, 1977; 6. ed., Rio de Janeiro, José Olympio, 1979.
Chegou o governador. Rio de Janeiro, José Olympio, 1987; 2. ed., em obra reunida, Rio de Janeiro, José Olympio, 1987.

POESIA

Primeira chuva. Goiânia, Escola Técnica Industrial, 1955; 2. ed., Goiânia, Instituto Rio Branco, 1971

CONTOS

Ermos e Gerais. São Paulo, Bolsa de Publicações, Hugo de Carvalho Ramos, 1944; 2. ed., Goiânia, OTO Editora, 1955. Prêmio Prefeitura Municipal de Goiânia.
Caminhos e descaminhos. Goiânia, Liv. Brasil Central, 1965. Prêmio Afonso Arinos, da Academia Brasileira de Letras.
Veranico de janeiro. Rio de Janeiro, José Olympio, 1966. Prêmio José Lins do Rego, da José Olympio, 1965. Prêmio Jabuti da Câmara Brasileira do Livro, 1967; 2. ed., rev. e aumentada, Rio de Janeiro / Brasília, José Olympio/INL, 1976; 3. ed., Rio de Janeiro, José Olympio, 1978; 4. ed., Rio de Janeiro, José Olympio, 1979. Nota de Herman Lima.
Caminhos dos Gerais. Rio de Janeiro, Civilização Brasileira, 1975; 2. ed., aumentada, Rio de Janeiro/ Goiânia, Civilização Brasileira/ Universidade Federal de Goiás, 1982. Notas da Prof.ª Moema C. S. Olival.
André Louco. Rio de Janeiro, José Olympio, 1978.
Apenas um violão. Rio de Janeiro, Nova Fronteira, 1984.
Dez contos escolhidos. Brasília, Horizonte, 1985.

CRÔNICA

Jeca Jica — Jica Jeca: crônicas. Goiânia, Cultura Goiana, 1986.

ENSAIO

Marechal Xavier Curado, criador do Exército nacional. Goiânia, Gráfica Oriente, 1973. Prêmio Sesquicentenário da Independência do Brasil, 1972.
Vila-Boa de Goiás. Aspectos turístico-históricos. Desenhos de Tom Maia e legendas de Theresa R. C. Maia. São Paulo/Rio, Nacional Embratur, 1979.
Goiás. Estudos Sociais (1º grau). Rio de Janeiro, Bloch, 1976. Coleção Nosso Brasil.

Os enigmas de Bartolomeu Antônio Cordovil. Bibliografia seguida de antologia do primeiro poeta goiano do Brasil-colônia. Goiânia, Oriente, 1980.

Vila-Boa de Goiás. Álbum fotográfico, texto de Bernardo Élis. Rio de Janeiro, Berlendis & Vertechia Editores, 1978.

Goiás em sol maior. Estudos de história, sociologia e literatura sobre Goiás. Goiânia, Poligráfica, 1985.

O Centro Oeste. Álbum de pintura com obras inéditas de A. Poteiro, Omar Souto, A. Espíndola e Siron Franco, com apresentação de Bernardo Élis, patrocinado pelo Banco Francês e Brasileiro S.A., Rio de Janeiro, Colorama, 1986.

Discursos

Cadeira um. Discurso da Academia Brasileira de Letras. Bernardo Élis (posse) e Aurélio Buarque de Holanda Ferreira (recepção). Rio de Janeiro, Cátedra, 1983.

Duo em si menor. Discurso na Academia Brasiliense de Letras, fundação da Cadeira nº 3. Herberto Sales (posse) e Bernardo Élis (recepção). Brasília, Horizonte, 1983.

Antologias

Seleta de Bernardo Élis. Organização de Gilberto Mendonça Teles; estudos e notas do Prof. Evanildo Bechara. Rio de Janeiro/Brasília, José Olympio/INL., 1974; 2. ed., Rio de Janeiro, José Olympio, 1976.

Presença literária de Bernardo Élis. Antologia. Organização de Nelly Alves de Almeida. Goiânia. Editora UFG, 1970.

A posse da terra — Escritores brasileiros hoje. Perfis biobibliográficos e fragmentos antológicos de autores da atualidade. Co-edição Imprensa Nacional/Casa da Moeda de Portugal e Secretaria de Cultura de São Paulo, Brasil. Lisboa, Sociedade Industrial — Gráfica Telles da Silva, 1985.

Bernardo Élis. Seleção de textos, notas, estudos biográfico, histórico e crítico e exercícios por Benjamim Abdala Jr. São Paulo, Abril Educação, 1983.

Traduções no Exterior

Antologia de contos brasileiros. Tradução para o alemão por Kurt-Mayer Classon, Alemanha Ocidental, 1967.

Short Story International. Tradução para o inglês do conto "Ontem, como hoje, como amanhã, como depois", por Silas Curado. International Cultural Exchange, Nova York, EUA, 1979.

Cinema e Televisão

Ermos e Gerais é o título de um documentário cinematográfico em curta metragem sobre a obra e a vida de Bernardo Élis feito pelo cineasta Carlos Del Pino (1977).

Também com esse título a vida e a obra de Bernardo Élis estão incluídas num curta-metragem cinematográfico feito pelo MEC.

Por ocasião do cinquentenário de publicação de *Ermos e Gerais*, a organização J. Câmara, por intermédio do sr. Hamilton Carneiro e outros, elaborou ótimo documentário para a televisão.

A firma Filmes do Triângulo Ltda., ligada à empresa Produções Cinematográficas L. C. Barreto Ltda., do Rio de Janeiro, produziu e lançou no mercado brasileiro e mundial o filme *Índia, a filha do sol*, baseado em dois contos de Bernardo Élis.

CHEGOU O GOVERNADOR

"Entre os capitães-generais que governaram a Província de Goiás até 1820, não houve um só que fosse casado, e todos tinham amantes com as quais viviam abertamente. A chegada de um general a Vila Boa espalhou o terror entre os homens e deixou em ebulição todas as mulheres. Sabia-se que ele logo escolheria uma amante, e até que ele se decidisse, todos os homens tremeram receando que a escolha recaísse na sua." [AUGUSTE DE SAINT-HILAIRE — *Viagem à Província de Goiás*, 1822. Edit. Universidade de São Paulo, 1975, p. 53.]

"Na vida administrativa de um capitão-general havia — dizia ele — três fases: a febre com delírio, a febre sem delírio e a prostração. O general partia para sua capitania sem conhecê-la, sabendo unicamente que se tratava de um território novo, onde tudo estava ainda por fazer: traçava grandes planos para debelar o atraso e a miséria; pensava imortalizar-se arrancando aquelas vastidões da barbárie em que se encontravam. Era a febre com delírio. Chegado a seu governo, percebia imediatamente que aqueles planos concebidos em Lisboa, ou no Rio de Janeiro, não eram aplicáveis no interior do Brasil. Procurava reformá-los, conformá-los com a realidade, cheio ainda de entusiasmo. A febre sem delírio. Os desenganos, a indiferença total com que eram recebidos seus planos de reforma, acabavam por vencê-lo. Caía na prostração geral, no ritmo sem tempo das capitanias do interior."
[Palavras do Governador João Carlos Augusto D'Oeynhausen, em *Goiás 1722-1822*, LUIZ PALACIN, Goiânia, Ed. Gráfica Oriente, 1972, pp. 114-115.]

I
*Febre
com delírio*

CAPÍTULO I

"... em conclusão, esta cidade, posto que pequena seja, o é superior, em beleza de edifícios e asseio de suas ruas, a algumas capitais de outras províncias do Império." [*Corografia histórica da Província de Goiás* (1824) de R.J. DA CUNHA MATTOS, ed. Convênio Sudeco/Governo de Goiás, p. 28].

D. FRANCISCO DE ASSIS MASCARENHAS, português, natural de Lisboa, filho de José de Assis Mascarenhas Castelo Branco da Costa Lancastre, 4º conde de Sabugal, senhor dos Paços de Sabugal e de Palmas, 9º alcaide-mor de Óbidos e Selir, descendente de um ramo da Casa Real de Bragança, vinha por capitão-general da capitania de Goiás e seguido de mais de uma centena de servidores e escravos. Distante uma légua de Vila Boa, no lugarejo Ferreiro, viera recepcioná-lo um considerável número de pessoas entre as mais ilustres e poderosas residentes na Vila. Cada qual cavalgava seu mais belo corcel arreado dos mais ricos jaezes, trajando cada pessoa sua melhor roupa ou melhor uniforme, se se tratava de militar ou dignitário da Coroa.

Desde a Carioca, o povo aglomerava-se a um lado e outro do caminho a ser percorrido, dando gritos de alegria e saudando a nova autoridade. Os sinos das oito igrejas e da câmara municipal repicavam, enquanto no quartel de dragões uma peça de artilharia fazia disparos.

O governador chegante envergava sua vistosa farda vermelha agaloada de prata, chapéu de pluma e espadim. Com o tropel da alimária retumbando na rua estreita calçada de pedras irregulares, entrou a comitiva na cidade, pela Cambaúba, passando em frente da simpática igrejinha da Lapa que ao tempo existia, e ganhando afinal a rua principal, chamada Rua Direita do Negócio, a qual desembocava no Terreiro do Paço. Aí se erguia a matriz, enorme igreja de Nossa Senhora de Santana, padroeira da Vila. Se era grande, tinha péssimo aspecto. O frontispício estava em ruínas, sem portas nem janelas, a parede frontal caiada até o meio, com a torre da parte do evangelho derruída. À porta desse templo, que ficava lado a lado com o palácio do Governo, apearam-se os componentes do cortejo, tendo à frente a autoridade que chegava e o governador que deixava o cargo. Todos entraram. Dentro da igreja, que era vasta, a feição de tapera era mais sensível, com o teto deixando entrar a chuva que estragava as paredes, os altares e o piso da nave. Havia muita gente, que também lotava a praça fronteiriça, da qual escravos, serviçais e funcionários estavam retirando os animais em que os da comitiva vinham montados, conduzindo-os para lugares apropriados.

Ao altar estava o vigário-geral, responsável pela prelazia, paramentado luxuosamente, que saudou em breve alocução o novo governador da capitania de Goiás e, a seguir, acolitado por dois outros padres, celebrou curta cerimônia invocando as bençãos dos céus sobre o representante del-rei. Pedia, enfaticamente, que o novo governador pudesse fazer uma administração de paz e de concórdia nos lares goianos já tão atormentados por outros males. Encerrou a fala com a aplicação de dois dutos de incensação no governador, dois apenas, em obediência ao que prescrevia o quinto visitador diocesano, o padre Dr. Antônio Pereira Corrêa, por provisão de 28 de novembro de 1750. Dois dutos apenas, pensava o prelado Roque da Silva Moreira, dois dutos apenas — lembrando que deveria seguir estritamente as instruções, que esse negócio de dutos já havia dado muita água pelas barbas no relacionamento entre a Igreja e o poder civil. Dois dutos apenas, conforme determinação do quinto visitador diocesano... Era preciso ter isso sempre pronto na cabeça...

A seguir, moveu-se a multidão que, tendo à frente o fidalgo D. Francisco de Assis Mascarenhas e o governador que em breve deixaria o cargo, o alto e espadaúdo D. João Manoel de Meneses, se encaminhou para o palácio do Governo, logo no lado da matriz, sempre entre palmas e aclamações do povo e o festivo bimbalhar dos sinos.

O palácio era um extenso casarão térreo acachapado, de largos beirais de cachorros de madeira, em cuja frente se aglomerou a multidão, nele entrando D. Francisco de Mascarenhas e D. João Manoel de Meneses seguidos dos componentes da comitiva governamental. Dentro se encontravam outros altos funcionários civis e militares que preferiram esperar ali a nova autoridade. Em derredor espalhava-se principalmente o zé-povinho, ou seja a infinidade de vadios e desocupados que existiam aos milhares ali, gente maltrapilha, malcheirosa, esquálida, suja e de aspecto tristonho e sucumbido. Os dois governadores subiram a escada de acesso à entrada principal do palácio e, de braços dados, atravessaram o corpo da guarda com os dragões perfilados em grande uniforme, passaram pela estreita e escura salinha de espera com seus enormes bancos de pau alinhados junto à parede e penetraram na chamada sala do dossel, onde o governador dava as audiências. A porta era resguardada por um pesado reposteiro de veludo verde, no qual se viam as armas de Portugal bordadas a fio de ouro. Aí permaneciam alguns acompanhantes, enquanto o governador demissionário transferia ao novo dignitário o bastão de comando, fazendo D. Francisco de Assis Mascarenhas assentar-se na curul da governança, entre curtas e breves palavras de saudação e votos por uma feliz e próspera administração.

De bastão em punho, D. Francisco agradeceu o gentil recebimento que lhe fizeram S. Exa. o Sr. João Manoel de Menezes e o povo em geral, a quem prometeu servir de modo a corresponder à honrosa confiança que nele depositou o Príncipe Regente, nosso senhor D. João, e sua mãe, a fidelíssima Rainha Maria I — que Deus guarde e ilumine — para desempenho de uma missão de tamanha relevância e responsabilidade.

Retomando a palavra, explicou D. João Manoel que o resto do dia s. exa. o sr. governador passaria em descanso, pois estava chegando de uma viagem exaustiva de quatro meses e meio para vir do Rio de Janeiro até Vila Boa, em pleno período chuvoso, sem se falar dos três outros meses, que tanto fora o tempo despendido na travessia do oceano Atlântico, no ano anterior. Avisou mais, que no domingo à noite, daí portanto a dois dias, a s. exa. seria oferecida uma recepção em palácio, promovida pela Câmara Municipal e pelo povo da Vila, para a qual seriam feitos convites especiais.

Ditas tais palavras, D. João Manoel retirou-se, seguindo para sua residência particular, uma casa que estava alugando no Largo da Boa Morte, na mesma linha de casas da Câmara e cadeia, para ceder o palácio ao novo governador. Ato contínuo, permanecendo na curul de governador, D. Francisco de Assis Mascarenhas passou a ser cumprimentado pelas pessoas que estavam no recinto, quase todas elas as mesmas que o haviam ido receber no Ferreiro e o acompanharam até aquele lugar, a muitas das quais já fora anteriormente apresentado. Àquelas que somente agora via, era apresentado pelo Coronel-de-Dragões Manoel José Manso, residente na Vila havia já alguns anos; entre estas últimas estava o velho e ex-Governador Tristão da Cunha Meneses, primo do governador demissionário João Manoel de Meneses, de quem era inimigo figadal, conforme já estava perfeitamente inteirado D. Francisco. Para início de conversa, explicou D. Tristão que não havia procurado antes o nobre governador porque só entrou em palácio depois que viu dele sair o primo José Manoel, com quem felizmente não tinha a menor amizade: Aliás...

Com um gesto rápido e um franzir de cenhos D. Francisco de Assis Mascarenhas mostrou o desagrado de tal prosa e numa pequena curvatura dirigiu-se para um grupo que estava próximo, deixando a falar sozinho o Sr. Tristão, muito esbaforido, metido que estava numa rica fatiota que ao novo governador pareceu completamente fora de moda. No novo grupo, a atitude de D. Francisco era outra. Alegre e jovial, na jovialidade de seus 25 anos bem vividos como participante de alta nobreza portuguesa, D. Francisco se dirigiu cortesmente ao Sr. Brás Martins de Almeida que ali estava com a mulher, um filho e uma filha moça.

Principiou dizendo que tinha grande satisfação em conhecê-los, pois fora e era amigo de um filho do casal, em Coimbra. A tal afirmação, pai, mãe e filha falaram ao mesmo tempo: — ah, o Tristão!

— Justamente — confirmava o capitão-general. — O nosso caro Tristão...

Tumultuariamente vieram as indagações dos pais de Tristão. Queriam saber como estava ele, que fazia que não retornava a Goiás e ao Brasil, se havia se casado...

Respondendo como podia, o general dizia que era portador de uma carta do colega Tristão e que ia abrir as malas e mandá-la entregar à casa dos amigos.

— Mas s. exa. falou em colega? — perguntou entre admirativa e curiosa a jovem Ângela. — Colega?!
— Pois não, minha menina; aliás, qual é o teu nome, se me fazes o favor?
— Ângela — respondeu a moça numa pequena reverência.
— Sim, Ângela... Que belo nome e se os pais me permitem, que bela jovem, quanta formosura, quanta vida, meu Deus! — Os olhos do general brilhavam e ele era todo encantamentos. No íntimo, admirava-se de encontrar tão belo espécime humano naquele deserto, sem poder dominar a emoção. Ângela ruborizava-se e agradeceu enleada. Os pais sorriam o seu tanto contrafeitos, o irmão olhava de soslaio medindo de alto a baixo, por dentro e por fora, o galanteador. Retomando, porém, seu natural, pediu Ângela que o general prosseguisse no que deveria dizer. Em torno, os Almeidas notavam que havia uma pequena aglomeração. Eram os militares, auxiliares e servidores que desejavam obter ordens e determinações do capitão-general. A sala já não estava tão cheia de gente, alguns se retiravam, especialmente aqueles que haviam ido ao encontro do governador. Pedindo escusas para atender a algumas solicitações do ajudante-de-ordens, com ele conversou alguma coisa, outras pessas aproximaram-se e por fim o general se voltou novamente para os Almeidas: — Sim, Ângela, como começava a contar, eu fui colega de teu irmão em Coimbra. Desejava seguir a magistratura, como ele está fazendo, mas a família exigiu que eu atendesse os compromissos militares. Aqui, ao que parece, há calma, mas por lá o desassossego é geral, o terrível corso, esse Napoleão Bonaparte, parece que quer mesmo acabar com os nobres do mundo inteiro, especialmente de Espanha e Portugal. Pobres de nós! Primeiro foi Pombal, agora...
— Verdade! — exclamou surdamente o Sr. Almeida, enquanto a mulher informava que sobre o assunto sempre recebiam notícias através do filho que estava em Coimbra.
Novamente perto, erectamente, se postavam o ajudante-de-ordens e outro militar, o que levou o capitão-general a interromper o fluxo da conversa e num riso afetado, empertigando-se, dizer que no domingo haveria recepção e que nesse dia esperava rever sem falta aqueles amigos: — Pois são os amigos em que vim pensando desde minha honrosa nomeação para Goiás. — E, dirigindo-se a Ângela, tomou-lhe a mão, que beijou respeitosamente, não

sem antes dirigir seus olhos para o belo semblante da jovem e fixá-los no mais fundo de seus claros olhos grandes e pestanudos; beijou igualmente a mão da mãe da menina e apertou com efusão a mão do Sr. Brás e de seu filho Ildefonso, a quem de passagem, entre afirmativo e indagativo, disse: — Este, este é mais novo do que o de Coimbra, não é mesmo?!

As expressões finais do grupo se perderam ante a aproximação de circunstantes, os quais eram cada vez menos no recinto. No largo aonde chegavam os do grupo, pessoas passavam. Eram homens, mulheres, meninos e velhos, a maioria trajando a melhor vestimenta, que tinham vindo ver a entrada do representante do nosso senhor todo poderoso pela graça de Deus, el-rei de Portugal.

Duas cadeirinhas conduzidas cada uma por dois escravos, aproximaram-se, nelas se instalaram as quatro pessoas da abastada família Almeida, e se encaminharam para casa.

CAPÍTULO II

"As senhoras são honestas, afáveis e muito mais polidas do que se deveria esperar de terras tão distantes das cidades da beira-mar, assento da civilização. Elas são esbeltas, mui alvas e coradas, algumas têm olhos formosíssimos, dentes perfeitos e encontram-se talhes de modelo. São mais altas do que baixas, e ainda as mais grossas de corpo têm proporção muito regulares. As mulheres desenvoltas têm um certo melindre que raras vezes se encontra em outras províncias, e os homens principais são despidos de estúpido orgulho, sociáveis, polidos e cheios de urbanidade. Os mesmos pretos livres e os escravos têm maneiras decentes." [*Corografia histórica da Província de Goiás*, por R.J. DA CUNHA MATTOS, Ed. Convênio Sudeco/Governo de Goiás, p. 92].

ERA A PRIMEIRA noite que D. Francisco passava em Vila Boa. Depois do jantar, reuniram-se com o governador, em palácio, alguns dos homens que com ele vieram, como o desembargador agrevista Antônio Luiz de Souza Leal, o secretário interino do governo Luís Martins de Bastos, além de outros já residentes na terra, como o Ouvidor Manoel Joaquim de Aguiar Mourão, o intendente do Ouro Florêncio José de Morais Cid, os quais prestavam informações detalhadas sobre os negócios da capitania. Como o palácio ficasse entre a matriz de Santana e a igreja da Boa Morte, ouviam-se os cânticos da via-sacra celebrada em ambos os templos, que já era entrada a quaresma. Na nave muito mal alumiada, à falta de cadeiras e bancos, homens e mulheres assentavam-se no chão, cobrindo-se as mulheres com suas compridas e largas saias. A mistura de homens e mulheres favorecia os encontros amorosos e as trocas de carícias ocultas pelas sombras, coisa com que os padres e visitadores eclesiásticos não concordavam e viviam exprobando de forma mais ou menos inócua, pois era a igreja um dos pouquíssimos lugares (para não dizer único) a ensejar encontros e reuniões sociais. A afluência a essas igrejas cresceu com a chegada dos novos governantes, pois a curiosidade das mulheres era enorme.

Naturalmente que a maior parte do tempo que os homens estiveram conversando, o assunto foi a narrativa das brigas e pendengas promovidas na disputa entre os dois últimos capitães-generais, os quais ambos permaneciam na Vila, movimentando os seus seguidores, por força do que havia ali dois partidos que se odiavam e se hostilizavam terrivelmente. Um era o partido de Tristão da Cunha Meneses, ex-governador; o outro, de seu primo João Manoel de Meneses, governador que o sucedeu. Era preciso levar em conta que o Sr. Tristão da Cunha era irmão do governador que o antecedera, Sr. Luís da Cunha Meneses, que de Goiás foi transferido para as Minas Gerais, e que lá se fizera famoso pela edificação da casa da Câmara e cadeia de Vila Rica, pelos atos atrabiliários que praticou e pelo fervor com que cultuou as vênus fuscas da terra, culto em que se tornou famoso como o fanfarrão Minésio das Cartas Chilenas, tão conhecidas. Malgrado tudo isso, era homem de grande prestígio na corte portuguesa e emprestava ao irmão ex-governador de Goiás sustentação para derrotar o primo.

D. Francisco de Assis Mascarenhas era um temperamento alegre, comunicativo e conciliador, e tinha por missão precípua botar um ponto final nas disputas palacianas de Vila Boa, tarefa que cumpriria ou por bem ou por mal.

Podia ser nove horas da noite, quando os visitantes se dispersaram. Nos quartéis as cornetas tocaram a recolher e o sino da Câmara badalou seu pequeno repique solitário, que se perdeu melancolicamente na imensidão do deserto que sitiava a Vila por todos os lados. Dali a Belém do Pará eram 400 léguas; dali ao litoral, 200 léguas; dali a Vila Rica 130 léguas; dali a Cuiabá, 160 léguas. E essas eram as povoações mais próximas. Uma sensação de isolamento, de desamparo, de solidão, de abandono pesou como um bloco de gelo sobre a alma do jovem que avaliou a impotência daquele sino e do impossível amparo das dezenas de soldados a seu serviço.

Era uma noite quente de fins de fevereiro, de céu limpíssimo e um quarto crescente que já era quase uma lua cheia. Tudo se dissolvia em silêncio, com os soldados da guarda do palácio marcando os passos frente ao portão principal e a voz do sargento alertando as sentinelas de quarto em quarto de hora com o clássico grito:

— Sentinela, alerta!

— Alerta estou — respondia o guarda, como que alargando o silêncio e o vazio opressores daquele ermo que tanto pesava na

alma do jovem D. Francisco. "Ante tanta largueza, que valia aquela guarda?"
A lua tudo iluminava em velada claridade. Os telhados, as pedras faiscantes de mica das calçadas, as paredes caiadas de branco, no rio embaixo a saparia gritava e um pássaro desconhecido para o general piava lastimosamente. Seguido do criado de quarto, entrou o jovem para o dormitório, nos fundos do prédio, sentindo um aperto no coração. Muito melhor seria ter ficado em Portugal e enfrentar os azares da guerra contra Napoleão Bonaparte, do que enterrar-se naquele deserto. Afora o Rio de Janeiro, de onde partira havia tantos meses, praticamente viveu em cima de lombo de burros e cavalos, percorrendo estradas ermas que de tão pouco trafegadas chegavam a desaparecer em muitos pontos, vivendo num ambiente de ruínas e decadência, cuja glória extinta homens e coisas celebravam com lamentações e taperas; dormindo ou em barracas ou em péssimas residências ou arranchamentos, com uma alimentação animalesca, no meio do lodaçal das chuvas, do ardor do sol, dos rios cheios, para cuja passagem mal havia grandes cochos de pau servindo de canoa.
Quanto à Vila Boa, pareceu-lhe melhor do que supunha: era uma aldeia portuguesa um pouco maior e mais tosca. O que chocava era a pobreza, a miséria de grande parte da população, especialmente dos negros seminus e desnutridos, com aqueles grandes olhos brancos suplicantes. Em Portugal também havia pobreza, mas nem tanta! Quanto aos funcionários e os brancos não diferiam tanto de Portugal, embora vivessem clamando contra a decadência da capitania e falta de um futuro menos incerto. Homens e mulheres lhe pareceram gentis, educados, muito tratáveis, todos trajando decentemente e com extrema limpeza. As casas, as ruas, a cidade tinham um ar de fraterno acolhimento, íntimo e fresco. Era uma aldeia portuguesa.
— Sentinela, alerta!
— Alerta estou!
Ao ouvir tal advertência, s. exa. notou que o silêncio não era tão absoluto. Como um pulsar de coração, havia um ritmado bater de caixa ou tambor, sublinhando o canto coral cheio de calor e sensualidade.
Seria um lundu cantado por centenas de vozes! Um baile, um folguedo na noite?

E mulheres? Esse artigo tão importante quando se tem 25 anos de idade e se é criado em Portugal? Depois de haver deixado o Rio de Janeiro, onde pôde viver à larga com as belas mulatas, morenas e louras que lá eram tão abundantes e liberais, eis que agora só via pretas ou míseras mulheres que longe de despertar desejo o que faziam era inspirar nojo e repulsa. Uf! até que enfim naquele dia vira a bela e fresca Ângela, de belos olhos, belo colo, bela cintura, bela voz, bela boca, meu Deus! Mas como alcançar aquela estrela? Algumas pessoas que estiveram em Goiás contaram-lhe em Portugal que aqui o mulherio vivia à solta, que qualquer um tinha tantas fêmeas quantas quisesse, que ninguém era casado nem havia família legalmente constituída. No entanto, pelo que estava sabendo e vendo, as coisas não eram exatamente dessa maneira. Afinal, como afirmava seu amigo Almeida, estudante em Coimbra, quem não se casava e vivia amasiado eram as altas autoridades, especialmente os portugueses, os quais ou deixavam as esposas e filhos em Portugal e Rio de janeiro ou vinham solteiros e aqui negavam-se a casar por preconceito de cor, de casta ou simplesmente porque achavam que as filhas de famílias goianas eram pobres, destituídas de prestígio social na metrópole, além de atrasadas e grosseiras. Entretanto, se era para se amasiarem, não viam nenhum de tais defeitos. Contudo, isso são costumes, isso são hábitos, isso é todo um lastro cultural de vários séculos que não seriam derrubados pelas pregações da revolução francesa e por Napoleão Bonaparte, especialmente aqui em Goiás, onde esses ideais mal eram suspeitados e nunca divulgados. Que o tempo corresse, que muita intriga tinha pela frente e para ocupar seu espírito... muito tempo... muita intriga...

Ao longe o coro de vozes em ritmo de lundu erotizava o pálido luar e enchia o vazio.

Se ao nobre capitão-general a noite parecia tão calma e serena por sobre Vila Boa fundada havia menos de 80 anos, para os habitantes dela a impressão era quase o contrário. Desde havia mais ou menos um ano, isto é, desde que à Vila chegou a notícia da nomeação do novo governador que deveria substituir D. João Manoel de Meneses — desde essa data que outra ordem de desassossego passou a imperar em quase todos os corações. Era uma velha experiência. Os altos dignitários nomeados pelo reino e que vinham ou da corte ou da costa, nunca traziam esposa e aqui chegavam famintos de fêmeas. Por tal forma, diante do panorama social da classe dominante em que poucas pessoas eram casadas ou mantinham família regular, tão logo chegavam à terra, o que esses reinóis faziam era escolher uma companheira dentre as mais belas e saudáveis mulheres existentes na Vila, fosse ela casada ou solteira, branca, preta ou mulata. Assim tinha sido em todos os tempos e por ali, anônimos ou declarados, havia muito filho ou neto de marquês, conde, visconde, da melhor nobreza lusitana, alguns pardos, outros brancos, alguns ricos e a maioria na maior miséria. Por força disso, todos aqueles homens que em Vila Boa viviam em concubinato, desde o momento da chegada do general e sua comitiva, se sentiam marido enganado (corno) em potencial, ou candidato a perder a mulher, que se entregaria logo a outro homem mais novo, mais rico ou mais prestigioso. A chegada, pois, das novas autoridades colocava os homens e mulheres capazes sexualmente em disponibilidade erótica.

Por outro lado, enorme era a inquietação no coração e em algumas glândulas da totalidade das mulheres amancebadas ou solteiras e núbeis, quer fossem feias ou bonitas, brancas, pretas ou mulatas, pois elas por experiência vinda de outras capitanias sabiam que o apetite português era pantagruélico, contanto que não fosse para casar. Assim, todas as concubinas se achavam na roda do jogo. Se não pudessem alcançar o capitão-general, alcançariam o ouvidor, ou o secretário do governo, ou algum padre, ou o simples soldado, o modesto meirinho. O que estava em perspectiva era melhorar a dieta, obter um amante que ganhasse melhor ou amasse melhor, ou melhor soubesse enganar uma mulher com bonitas falas e brilhantes presentes.

Era uma luta feroz e impiedosa embora surda e discreta, na qual cada um procurava seu melhor quinhão.

> "Várias senhoras são instruídas na história e têm paixão decidida pelos livros: algumas delas por acanhamento não mostram o que sabem, e outras são de tal modo circunspectas que apenas deixam conhecer que entendem das matérias de que se fala." [*Corografia Histórica da Província de Goiás*, de R.J. DA CUNHA MATTOS, 1824].

Assim, naqueles dias que antecederam o domingo, grande era a agitação na cidade, de costume quieta e morta. Havia um entra-e-sai de casa em casa, com as mucamas e negrinhas de recado trançando e transando entre uma casa e outra, levando pacotes, objetos, embrulhos, recados etc. É que as pessoas gradas, isto é, os altos funcionários e os ricos comerciantes e poucos fazendeiros se aprontavam para tomar parte na recepção ao general, levando consigo mulher e filhos. Aquele que não comparecesse talvez pudesse ser tido como inimigo do rei ou do novo capitão-general e isto representava um grande perigo. As negregadas perseguições pombalinas eram de ontem.

Em casa do rico fazendeiro e desembargador aposentado João José de Freitas Alvarenga o lufa-lufa era forte. Era ele um dos homens mais importantes da capitania, português de origem, poderoso comerciante na Rua Direita do Negócio e com a família residindo num sobrado da Rua da Abadia. Naqueles dias não apenas preparavam sua indumentária para a festa, como cuidavam principalmente da vestimenta de sua mulher, D. Mécia Corrêa Leite, mais nova do que ele cerca de 30 anos e com quem era amasiado. Na sua qualidade de reinol e tesoureiro da Irmandade do Senhor dos Passos estava proibido de casar com brasileiras e por isso vivia maritalmente com D. Mécia, que além de ser nascida em Goiás, diziam que era filha do ex-Capitão-General Luís da Cunha Meneses, o qual lhe deixara algum dote. Era uma bela mulher, a quem o Capitão João José de Freitas Alvarenga ainda doou considerável patrimônio para compensar a impossibilidade de casamento argüida pela Irmandade. Se se casasse, perderia a qualidade de Irmão dos Passos e conseqüentemente uma série de prerrogativas decorrentes dessa condição, tais como a possibilidade de sonegar dízimos e tributos, obter regalias especiais nos negócios feitos com o poder público, tratamento excepcional nas varas da Justiça, e outras mamatas.

Apaixonado como era pela amásia, o capitão vivia perenemente morto de ciúmes, enxergando em cada gesto da amada um início de infidelidade, no que não deixava de ter razão. Em segredo se falava das aventuras dela com alguns jovens empregados do amásio. Sobretudo, comentavam insistentemente uma certa relação que mantinha com um jovem sem emprego e sem profissão, dançador de lundus, arruaceiro e tocador de viola, que vivia amolando Deus e o mundo, o famanaz Generoso da Etelvininha. Nesses dias, grandes têm sido as discussões na casa do Capitão João José. Por ele, Mécia não deveria comparecer à festa. Depois eles fariam uma visita especial ao capitão-general, em palácio, a sós, para melhor conversarem. Mas Mécia assim não entende. Quer ir à festa, quer ver gente, quer ver alegria, numa terra em que ninguém visita ninguém, em que acontece um baile de cinco em cinco anos, em que as mulheres vivem enclausuradas e só podem ir às funções religiosas, e olhe lá!

— Vou e vou — teimava a moça. Jeitoso, e sabendo o quanto é penoso o amor na velhice, o respeitabilíssimo Capitão João José de Freitas Alvarenga procura contornar a tempestade, cautelosamente como um bom piloto de nau avariada. Não adianta nada usar de força ou de dureza. A moça tinha seus bens lá dela, possuía renda grande que o próprio capitão lhe dera em dote e bastava um gesto dela para que o advogado Padre Trovão ou Alexandre Josias dos Santos viessem correndo tratar da separação dos bens que lhe cabiam. Aí ficaria o velho desembargador sem mulher e sem parte da fortuna que manipulava em nome da amásia.

"Então, calma, paciência, delicadeza, que numa mulher não se bate nem com uma flor..."

Na verdade era uma prova dura, que Mécia era bonita, jovem, rica, petulante e, ao que diziam, queria abandonar o capitão justamente porque ele não queria ou não podia casar com ela. Não faltaria gente nova para tomar o seu lugar e essas festas oficiais eram um perigo danado. A elas compareciam os recém-chegados, gente que ali estava sem carinho feminino, ansiosa por um amor qualquer, quanto mais um partido daquele quilate! Ah, o velho coração do rico João José quase não suportava, mas a vida é assim mesmo e com fé no querido Senhor dos Passos mais essa tempestade seria vencida. Ela queria brincos, pulseiras, colar de ouro e gemas? Pois não, pois não! Que se mandasse chamar imediatamente o ourives José da Maia para ver o que se poderia fazer em tão exíguo prazo de tempo. E Mécia sonhava nos seus vinte e poucos anos ociosos e sadios, imaginando que na festa do governador encontraria o seu tão esperado príncipe encantado, que podia ser o ouvidor-geral, o ajudante-de-ordens, o meirinho, o próprio capitão-general, quem sabe? que com ela se casasse e a levaria para fora, para o Rio de Janeiro, para onde, segundo se dizia, brevemente viria morar o rei de Portugal. Mécia sonhava com uma oportunidade de abandonar o velho com suas velhices, seus achaques de reumatismo e de bexiga, seus catarros e defluxos, seus ciúmes e seu rapé insuportável. Ah, a Corte! Agora que a costureira parou para descansar um pouco, a menina Mécia chama o pretinho dos recados e lhe entrega um bilhetinho que deverá ser entregue à amiga Catirina, que reside na mesma Rua d'Abadia. Como a amiga, Catirina igualmente arruma seus vestidos e seus enfeites, com a ajuda da mãe, em cuja companhia reside. É jovem, de pele muito alva, e loura cabeleira longa, pelo que é mais conhecida como a Barrosa. Está amigada, há coisa de três anos, com o Desembargador Manoel de Aguiar Mourão, ouvidor de toda a imensa comarca de Vila Boa, a qual abrangia toda a capitânia, em substituição ao Ouvidor Antônio de Lis. Por isso era rica e muito poderosa. O Desembargador Mourão é homem correto, tão correto que mereceu louvores da pena do intelectual da terra, o Pe. Silva e Sousa, numa ode congratulatória com a demissão do Ouvidor Antônio de Lis, cuja primeira estrofe é assim:

> *"Graças dou ao céu contente;*
> *Goiás o grilhão sacode,*
> *E resgatado já pode*
> *Respirar alegremente:*
> *Já chegou Mourão prudente,*
> *Que promete doce paz,*
> *E tu, Lis, com o demo vás...*
> *Que foste além de tirano*
> *O ouvidor mais cigano*
> *Que já pisou em Goiás."*

Além de correto, o Desembargador Mourão era discreto, razão por que morava ele na sua casa lá dele e morava a Barrosa na casa da mãe; assim, respeitavam-se as conveniências assim das leis do reino que cominavam penas para esse tipo de crime, como ainda do código de direito canônico que sempre combateu esse pecado grave. O "mal das minas", como era conhecido esse tipo de união irregular de casais, era profligado desde o estabelecimento das primeiras casas de oração no território goiano, pelos visitadores diocesanos que percorriam as paróquias e freguesias, anotando faltas e lavrando termos de visitação, nas quais fixavam normas de procedimento dos padres e dos civis, além de impor penas e multas bastante pesadas contra infratores. Mas nem por isso o "mal das minas" desapareceu.

Ao contrário de Mécia Corrêa Leite, Catirina é moça pobre que depende da bolsa do Desembargador Mourão, bolsa que tem fecho emperrado e se abre raramente e com dificuldade. Catirina sabe que se se não mantiver fiel ao comborço e submissa a seus mandos e caprichos, faltar-lhe-á o sustento e a proteção do homem que é poderoso, tão poderoso quanto o governador e talvez mais: e é também violento. Sua atitude contra os camaristas na luta contra o ex-Governador João Manoel de Meneses dera-lhe respeitabilidade e admiração. Catirina vive reclamando pelo casamento, mas o parceiro tem mulher viva na Costa, para onde diz pretender retornar logo que termine o mandato de ouvidor que é apenas de três anos. No caso de ele retornar, não poderá levar consigo a bela loirinha — se é que vai ter coragem de separar-se dela, — completa ele num galanteio seco que maior sua objetiva formação jurídica bloqueia e impede.

Em face disso, embora demonstre o contrário, Catirina está alerta em busca de outro homem; mas, esperta, quer melhorar de situação e jamais piorar. Para essa guerra possui ótimas armas que urge serem insinuadas através dos trajes requintados, uma vez que armas como tais não se mostram à luz do sol ou das candeias dos salões festivos, tanto mais eficazes quanto mais dissimuladas.

À festa irá o desembargador no cumprimento de uma obrigação imposta pela relevância do alto cargo. Gostaria que Catirina não fosse, e ficasse em casa, porque não confia nela, mas poderá ele impedi-la de fruir esse pequeno gostinho? Tais dúvidas motivaram o seguinte diálogo:

CATIRINA. — Meu querido ouvidor, vossemecê já passou uma vista na roupa para a festa do sr. governador? Ou vossemecê não vai a palácio?

OUVIDOR. — Já examinei, minha querida jóia, e tudo está em ordem. Ai, pobre de mim! Por meu gosto, estaria entre seus doces braços, mas eu não sou eu. Eu sou o ouvidor, o homem mais importante da capitania.

CATIRINA. — Benza-o Deus!
OUVIDOR. — Infelizmente, tenho que ir e...
CATIRINA. — Aí está a razão de minha pergunta. Meu vestido, minha touca, as cadeirinhas, tudo já está pronto para a festa, mas você irá me levar?
OUVIDOR. — São as tais coisas. A cabeça dá uma ordem e o coração manda o contrário. Bem quisera tê-la a meu lado, mas as regras sociais me impedem, você sabe como ninguém... Os Irmãos dos Passos aí estão de olhos atentos e pena molhada no tinteiro para denunciar ao rei qualquer escorregão do ouvidor...
CATIRINA. — E esses Irmãos como o Capitão João José, o intendente, o vigário, o capitão-de-dragões não estão eles também sujeitos às mesmas proibições e censuras que você? Eles também não poderão ser denunciados?
OUVIDOR. — É, estão, mas meu caso é mais sério... meu caso...
CATIRINA. — Não sei por quê! Afinal vossemecê é ou não é a mais alta autoridade?
OUVIDOR. — Por isso mesmo! A fiscalização de mancebia e a punição dessa falta deverá ser feita por mim. De uma certa maneira, como punir alguém, se o encarregado da punição é que merece maior penalidade? É isso que me deixa confuso. Isso que me traz a consciência pesada.

Catirina mantém-se em silêncio, os olhos baixos, uma sombra de tristeza no semblante que tanto encanta o ouvidor, o qual retoma a fala com emoção e diz:

— Mas faremos como de costume. Iremos separadamente, como se fôssemos dois estranhos. Lá nos entenderemos como dois namorados, não é assim? Aliás, como dois apaixonados...

Catirina suspira e troca de olhares com a velha mãe, viúva de juiz da Câmara municipal. Após longa viuvez, tivera aquela filha que ela não se pejava de confessar que era um legado retardado do defunto marido. Mas na Vila, onde nada ficava encoberto, todos sabiam que a filha era do Vigário Silvestre, um dos poucos homens louros da cidade, famoso pulador de muros e janelas.

Por força dessa conversa, as mucamas e meninas de servir desdobraram-se em serviços, lavando, engomando, passando, frisando, consertando as anáguas, vestidos, golas e babados, rendas, meias e toucas que compõem a vestimenta da Barrosa, sem deixar sem atenção os trajes do exmo. sr. ministro, o meritíssimo ouvidor. Naturalmente que a casaca e os calções não exigiam cuidados especiais, mas a camisa de punhos de renda e peito plissado, a faixa da cinta, lenços e meias requeriam a maior atenção tanto na lavagem como na engomação. "É pela camisa que se distinguem as fidalguias" gostava de repetir o elegante e exigente Raimundo Nonato Hiacinto, com um sorriso de mofa.

Logo que recebeu o bilhetinho, Catirina o leu sofregamente e ocultou um sorriso malicioso. Mécia avisava que precisavam estar muito bem arrumadas para passar um quinau nas desafetas, mas (acima de tudo) também para chamar a atenção dos novatos que eram homens muito finos, acostumados aos melhores salões da Europa...

"Algumas senhoras cantam sofrivelmente e tocam saltério, cítaras, guitarras e violas: poucas sabem dançar; as mulheres ordinárias também dançam boas cousas, mas a sua favorita paixão é pelos lundus em que mostram destreza incomparável." [*Corografia histórica da Província de Goiás* — R.J. DA CUNHA MATTOS, 1824].

Em contrapartida, em sua casa, Angelina recebia igualmente um bilhete de Isabel Teodoro, no qual Isabel pedia solidariedade da amiga para comparecerem à festa da maneira mais bela que fosse possível, a fim de meter no chinelo as sirigaitas da Mécia e da Catirina. Angelina já estava com tudo pronto e tanto se lhe dava que o marido chegasse ou não da viagem em que estava. Se chegar, e quiser ir, tanto melhor; se não chegar ou não quiser ir, ela já tinha par escolhido a dedo. Como o seu marido Antônio está sempre metido em complicados negócios e viagens sem fim, parando em casa por breves momentos, chegando e saindo nas horas mais extravagantes, Angelina não conta nunca com ele para os negócios, nem para qualquer outra coisa. Ali, se coincidir de ele estar presente, tanto melhor, se não coincidir, que fazer! Apesar porém dessa liberdade, Angelina inveja as mulheres que têm companheiro com o qual podem estar sempre ao lado; gostaria que o marido não tivesse as atividades que possui e que ela não sabe muito bem mais quais sejam; só sabendo que está sempre ocupado e preocupado, de modo a deixar que os melhores anos da vida se consumam em branca nuvem. É verdade que de forma seu tanto confusa, há no coração de Angelina uma forte inquietação, uma como espera ou esperança de que naquele momento chegará o homem que não será apenas o amante e o pai dos filhos, o homem que será o verdadeiro marido, que lhe dará uma situação de igualdade com algumas outras mulheres que simplesmente por serem casadas legalmente se julgam pessoas mais dignas de respeito e consideração do que qualquer outra que não seja casada. Também Angelina pretende apresentar-se a tal festa muito bem trajada, muito atraente e bonita. Ali estará gente nova, novos altos funcionários e militares que certamente estarão em busca de mulher para sua permanência em Vila Boa.

Reconfortada pelo bilhete e pela perspectiva de amores mais lucrativos, Angelina redobra de entusiasmo, enfrentando com mais ardor as tarefas de apronto de indumentária. Queria ainda que a cadeirinha estivesse bem limpa, de cortinas lavadas e passadas, com os negros dos varais asseados, de chapéu escovado e robissão bem passado, por cima da camisa impecavelmente lavada e passada, que era preciso mostrar àquele pessoal da corte que por aqui também havia moda e havia modos...

Foi isso que ela respondeu à amiga, escrevendo mesmo no verso do bilhete que viera. Dizia à amiga que, como aconteceu pelo Natal, iriam pôr as duas outras no chinelo.

Nem é preciso dizer que o vislumbre de vitória acendeu ainda mais o ânimo de Isabel Teodoro, amásia do ex-Ouvidor Antônio de Lis, o homem mais temido e odiado da capitania. No exercício de suas funções do tempo de Tristão da Cunha havia aberto várias devassas, prendido e maltratado muita gente, umas vezes com justiça, e na quase totalidade dos casos com a mais completa injustiça. Cobrava as custas judiciais, as coimas e alcavalas como bem entendia e quantas vezes entendia, com tal crueldade que um observador do tempo escreveu: "O ouro diminuiu, as fábricas dessecaram-se, os trabalhos extinguiram-se, e os habitantes de Goiás sentiram a mão férrea da desgraça ir pesando sobre as suas cabeças. Endividados com a fazenda pública, com as praças de comércio de beira-mar, com o juízo dos defuntos e ausentes, com o cofre dos órfãos e com os particulares que os havia acreditado, perseguidos pelos inexoráveis agentes fiscais, e pelos seus credores particulares, eles viram-se despojados das suas efêmeras riquezas, e reduzidos repentinamente à última indigência. A mineração em grosso cessou de uma vez, e apenas ficaram na província alguns faiscadores, que ainda esperavam encontrar o caldeirão do Anhangüera ou os encantados martírios em que pretendiam achar a terra transformada em metais preciosos". Contra esse maldito Ouvidor Lis todos se levantavam, até o Pe. Silva e Sousa, o homem sempre pronto a bendizer os detentores do poder, o homem que tanto apoio dera ao intrigante e rixento Governador Tristão da Cunha, embora houvesse malhado em versos duros as estripulias do ouvidor — aquele padre finório, como coisa que também ele, o padre-mestre, não tivesse uma filha, essa é boa! Bem que o ouvidor — amásio, ao tempo, tentou calar os descontentes. Certa vez abriu uma correição para punir os concubinatos, que era crime tanto na lei do rei, como nas leis da Igreja, e que era praticado por pobres e ricos, com maior freqüência, porém, pelos portugueses detentores das altas funções do reino. Entretanto outros eram os objetivos do Dr. Antônio de Lis: os ricos e poderosos ofereceram valiosas propinas com as quais compraram a liberdade, caindo na malha da justiça apenas os desafetos e os pobres coitados. Era desse tempo a ode do Pe. Silva e Sousa congratulando-se pela demissão do Ouvidor Lis que o povo recitava de cor.

"Graças dou ao céu contente;
Goiás o grilhão sacode,
E resgatado já pode
Respirar alegremente:
Já chegou Mourão prudente,
Que promete doce paz...
E tu, Lis, com o demo vás...
Que foste além de tirano
O ouvidor mais cigano
Que já pisou em Goiás.

A toga, insígnia honrada,
Por outros mui bem cingida,
Por ti, maroto, vestida,
Se vê vilipendiada,
E a cor muda: — quando a mim

> Com o teu ar de malsim
> Ser mostras em seca e meca
> Um espantalho de beca
> Um ouvidor beleguim"...
>
> "Qual bruto bravo e sem freio
> Giraste a Capitania,
> E sagaz em claro dia
> De roubar achaste o meio:
> Sem temor, de vício cheio,
> Sem honra, sem Deus, sem lei,
> Fizeste quanto bem sei,
> Furtaste por modo novo,
> Flagelaste este bom povo
> Contra as intenções de el-rei,
>
> Mestre de saber armar
> Estratagemas felizes,
> Usurpaste dos juízes
> Quanto pudeste usurpar;
> Com Abreu e Bacellar
> Assombraste os corações
> Nas malditas correições
> Que foram contra a justiça
> Ou conluio de cobiça,
> Ou quadrilha de ladrões."

Agora com o novo governador, parece que as coisas tomariam outro rumo. Apenas com um dia de chegado, algumas notícias corriam insistentemente. Que a devassa desde já estava aberta e que por ela assim o ex-Governador Tristão como seu sucessor D. João Manoel deveriam deixar a capitania e retornar à Corte para acerto de contas. Com esses dois elementos, outros deveriam também deixar a terra por serem seus seguidores apaixonados, como era o caso do ex-Ouvidor Lis. O novo governador não aceitava a permanência na Vila de dois grupos que se digladiavam constantemente, lançando a cizânia, a solércia e a intriga entre os pacatos súditos de el-rei.

Dirigindo as costuras, a lavação da roupa e sua engomação, Isabel Teodoro relembrava sua vida de filha de mulatos mais ou menos abastados e amasiada com homem poderoso, que fora ouvidor da capitania. Hoje estava em desgraça, mas ainda era temido e respeitado pelo medo que infundia e pelo poder da fortuna que conseguiu amealhar "furtando por modo novo", como diz o poeta. A própria amásia Isabel Teodoro o odiava. Truculento e opiniático, era comum que o ex-ouvidor, ante a menor discordância da mulher, lhe despejasse socos e pontapés que a traziam sempre com algumas manchas, que ela dizia serem lunares decorrentes de emoções fortes. O pessoal porém sabia que o ouvidor espancava a amásia com certa freqüência e com certa dureza excessiva. Cada vez que disso se recordava, Isabel Teodoro jurava que tiraria sua desforra, enfeitando a cabeça do comborço com bonitos chifres. E mais de um homem se gabava de já haver partilhado com o ouvidor dos amores da bela e morena Isabel Teodoro. Agora, era chegado o tempo em que o ex-ouvidor deveria deixar a Vila. O governador estava exigindo isso de outras pessoas e não deixaria impune o contencioso ministro. Ante a nova situação, perguntava-se Isabel: será que o ouvidor vai levar-me ou vai me deixar aqui? O mais certo seria que a deixasse, motivo por que ela estava pondo todo seu empenho em se apresentar a mais bela e obter no mínimo as atenções do novo secretário do Governo, que diziam era um belo senhor. Era não perder tempo.

Também em casa do Sr. Brás Martinho de Almeida a recepção ao governador repercutia; e em quem mais repercutia era em Ângela. Desde que viu o jovem conde, sentiu o coração bater com mais força e, no correr da conversa que com ele mantivera seu pai, Ângela percebeu envaidecida e lisonjeada que o conde se interessava por ela e que para ela tinha atenções especiais. Como mulher e mulher que busca um amor, percebeu que entre ambos se estabelecia uma intensa comunicação afetiva. Por isso, era com entusiasmo que aprontava sua toalete, seus atavios e igualmente a indumentária do pai, da mãe, dos escravos, sem se descuidar do arranjo adequado da cadeirinha e serpentina. Mas, se pensava no conde, logo o pensamento recaía no Alferes José Rodrigues Jardim, seu namorado e quase noivo. Já lhe mandara avisar que iria à recepção do novo governador e queria vê-lo lá. Mandara tal recado porque conhecia o alferes e sabia o quanto era orgulhoso e altivo, querendo talvez deixar de comparecer à festa simplesmente para não ter que prestar reverência aos superiores hierárquicos que lá estariam. Entretanto Ângela sentia que precisava da presença do namorado.

A emoção despertada pelo conde, a atração que sentia exercer sobre ela exigiam que contasse com o amparo do quase noivo, desse enigmático Rodrigues Jardim, em quem ela confiava de modo tão seguro, malgrado não ter ouvido nunca dele uma só palavra de afeto, carinho ou amor. Para Ângela era uma questão decisiva estar bela naquela noite e ter perto de si o quase noivo.

CAPÍTULO III

"A cidade (Goiás) não tem absolutamente vida social. Cada um vive em sua casa e não se comunica, por assim dizer, com ninguém." [*Viagem à Província de Goiás* de A. SAINT-HILAIRE, Ed. Universidade de São Paulo, p. 52].

DESDE O ENTARDECER que o Palácio dos Arcos, quartel-general e residência do governador, estava ornamentado com dezenas de luminárias formadas de metade de uma laranja da terra a que se tirara o miolo; no côncavo se botara azeite de mamona com o pavio de algodão incendiado. Dava uma luz avermelhada, suave para os olhos e cheirosa para o nariz. As casas do largo do palácio, que então era chamado Terreiro do Paço, ostentavam luminárias nas janelas, nas portas e nas saliências da tosca arquitetura, o mesmo acontecendo com os prédios públicos, casa da Junta da Fazenda, Câmara e cadeia, quartel de dragões, casa da fundição e da intendência do ouro, na Rua da Fundição. Nas igrejas espalhadas pela vila também brilhavam prodigamente luminárias, que enfeitavam igualmente as residências particulares. Em frente ao palácio tinha-se erigido um arco de taquaras e bananeiras, com troncos da mesma planta dispostos em torno da praça à imitação de uma arborização. A falta de luminárias já dera muita perseguição em Portugal. Dera até o rompimento de relações entre o reino e a Santa Sé. Elas deviam ser lembradas.

Com o cair da noite, começou a chegar gente. Para o salão entraram principalmente os que chegaram em suas cadeirinhas, serpentinas ou palanquins conduzidos por negros adrede trajados, muitos já trazendo os archotes acesos. Para o sereno da frente e do lado do palácio voltado para a matriz, veio o povo mais anônimo ou pobre, ficando alguns escravos e serviçais postados um pouco mais longe. Trançando no meio de todos, tentando penetrar no palácio, estavam os vadios, ou seja cerca de quarenta por cento da população local, principalmente jovens que ali nada tinham que fazer, à míngua de escolas que pudessem freqüentar ou serviço de qualquer natureza que pudessem exercitar. As catas estavam esgotadas, a lavoura era impraticável especialmente na redondeza de Vila Boa, por falta de recursos de exportação, porque o mercado local não consumia a produção, porque a maior parte dos vadios eram filhos-famílias a quem era interdito qualquer tipo de trabalho, já que trabalho era tarefa exclusiva de negros escravos e nunca de brancos livres. Por cima de tudo, os habitantes da capitania eram na quase exclusividade pessoas de formação urbana em Portugal e em outros pontos do Brasil, ignorantes da prática agrícola que consideravam trabalho infamante e que só dava prejuízo.

Para desencorajar qualquer mais valente, havia a voracidade do fisco de el-rei, exercido com injustiça e de forma discriminadora. Ainda bem que o ladravaz do Ouvidor Lis estava de mala e cuia prontas para abandonar a capitania, em companhia dos ex-governadores Tristão da Cunha e João Manoel de Meneses que por mais de 20 anos nada mais fizeram que fuxicos, intrigas e disputas inúteis. Desse desgraçado do Ouvidor Lis então se contavam tantas extorsões e abusos que o próprio João Manoel de Meneses se viu obrigado a puni-lo pelo fato de ter por costume cobrar dos mesmos lavradores duas e três vezes o mesmo tributo, além de multá-los ou castigá-los quando reclamavam contra semelhante roubo.

Era bem como dizia o Padre Silva e Sousa na ode que o povo recitava de cor:

"Assombraste os corações
Nas malditas correições
Que foram contra a justiça
Ou conluio de cobiça,
Ou quadrilha de ladrões."

Enfim, os dízimos, as execuções, as multas, as custas judiciais, cisas, certidões, buscas, diligências, as exigências com o juízo de defuntos e ausentes, com o cofre dos órfãos e outros procedimentos forenses extorquiam aos pobres lavradores e comerciantes tudo que podiam por acaso produzir.

Bem dizia o grande governador D. José de Vasconcelos que "o quinto empobreceu Goiás, o dízimo acabou de matá-lo". O povo tinha razão de sobra ao dizer que o melhor era nada plantar e nada colher, a não ser que o dono das plantações e das criações fosse homem rico e poderoso, capaz de ficar livre do fisco e do pagamento de tributo. Antigamente ainda havia as expedições contra os tapuios que ocupavam parte dos vadios, mas agora nem isso existia, com os caboclos presos nas missões ou aldeias e os campos livres de perigo. Por isso e por outras, o contingente de vadios e desocupados, de prostitutas e mendigos, de gente que nada sabia fazer além de dançar e tocar alguma violinha, ignorando como fazer sequer o pelo-sinal e como rezar uma ave-maria, crescia a cada instante. As margens dos rios Bagagem, Bacalhau, Vermelho e outros estavam sempre repletas dessa gente que ali vivia num perene acampamento, pegando passarinho, pescando e caçando bichos miudinhos, cortando guariroba e colhendo alguns frutos silvestres que vendiam na Vila para com o produto se alimentarem ou adquirirem a cachaça produzida pelos ricos fazendeiros, bebidas com que sustentavam as rodas de batuque, lundus, catira ou alguns antros de feitiçaria, de "tomar ventura", de folguedos que geralmente acabavam em facadas e pancadarias. Para minorar esse tumulto, pouco valiam os esforços da Câmara Municipal e dos Comandantes de Pedestres e Dragões, geralmente insuficientes para os trabalhos rotineiros de vigia da cadeia, do palácio do Governo, do quartel e da Junta da Fazenda, além da tradicional escolta da remessa de dízimo para o Rio de Janeiro.

Naquela noite, pois, grande era o contingente dos desocupados que rondava por aqui e por ali em busca de algo que comer ou da prática de alguma falcatrua rendosa ou hilariante.

"O desenvolvimento atabalhoado de Goiás e a fugacidade de seu momento de prosperidade não deram tempo à sedimentação de uma verdadeira cultura em nenhum dos campos."
[*Goiás. 1722 - 1822.* — L. Palacin, p. 155.]

Pelas janelas abertas das salas que davam para a matriz e diante das quais se postavam os do sereno, viam-se já as pessoas, homens, mulheres, velhos, jovens que formavam os festeiros, não muito numerosos. Estavam ricamente trajados para ambiente tão pobre da Vila e todos aguardavam ansiosamente que aparecessem os homenageados da noite, isto é, o sr. governador e seus auxiliares recém-chegados. Ouviam-se os primeiros sons dos instrumentos em afinação — rabeca, violão, flauta e um rabecão. À frente do conjunto musical estava o mestre Apolônio, natural, como o Padre Silva e Sousa, do Tijuco, nas Minas Gerais, amigo do maior músico brasileiro do tempo, o famanã José Maurício, cuja fama corria por toda a parte. No salão enfeitado acendiam-se mais velas postas em lugares predeterminados.

Pouco a pouco enchia-se o salão, ao tempo que também da parte de fora a multidão crescia, formada por pessoas de menor importância social, às quais faltavam vestimenta adequada, posição social e recursos para freqüentar os salões do palácio. No meio da multidão passavam alguns dragões, pedestres e os conhecidos "quadrilheiros", que o povo batizava de bate-paus, auxiliares das milícias no policiamento das ruas, tarefa que competia à Câmara Municipal, que era também a grande responsável pelas festividades da noite.

Por fim, cessou o gemer dos instrumentos musicais e o burburinho das conversas tomou conta do ambiente, até o momento em que uma espécie de frêmito correu pelo salão, onde as pessoas se postavam ao longo das paredes. É que entrava no recinto a comitiva constituída do novo governador, seu secretário Luís Martins de Bastos, ajudante-de-ordens, o juíz da alçada Antônio Luís de Souza Leal e seu escrivão Francisco José de Freitas. Jovem e esbelto, o governador fazia bela figura na sua farda vermelha de capitão-general, espadim, meias justas, sapato raso de fivela de prata e chapéu armado. Entrando todos por uma porta lateral, foram recebidos por uma salva de palmas, ao tempo que faziam um pequeno percurso em semicírculo, postando-se em pé, ao som dos instrumentos que executavam uma composição musical. Nesse momento, avançando do meio da assistência, destacou-se uma figura que demonstrava ser padre somente pela gola da camisa, ou seja pela volta sacerdotal, como então era chamada. Sua presença foi recebida por um murmúrio seguido de profundo silêncio. Tanto os de dentro como os de fora do salão logo reconheceram naquela pessoa o Padre Silva e Sousa.

Numa voz algo débil e mais ou menos esganiçada, dirigiu-se aos novos administradores, especialmente a sua exa. o sr. Dom Francisco de Assis Mascarenhas, capitão-general e governador da capitania de Goiás. Rapidamente enumerou os títulos nobiliárquicos e honoríficos que distinguiam o pai do novo governador e sua ilustre família, referindo-se à escolha que fizera da governança de uma capitania do reino em prejuízo da magistratura na Universidade de Coimbra, sem que antes se referisse às pestilentas e danadas idéias sopradas pelos ventos mefíticos da velha França. Ao terminar, pediu licença ao nobre Mascarenhas para oferecer-lhe um trabalho artístico. Era uma tradução de sua lavra, feita oitava por oitava, do poema "Jerusalém", do grande Torquato Tasso, um dos maiores poetas do mundo, que nasceu e viveu na gloriosa Itália, no século XVI. A história ali contada passa-se em Jerusalém, a cidade sagrada do cristianismo, no momento em que está em poder dos maometanos, que a dominam. Aí um rei pagão, por escárnio, coloca na mesquita uma imagem da Virgem Maria, a qual, para não ser profanada pelos infiéis, é roubada pelos cristãos que ali estão prisioneiros. Como castigo, o rei pagão quer matar os cristãos, mas uma jovem adepta do cristianismo chamada Sofrônia resolve acusar-se do roubo, oferecendo-se a morrer para salvar os demais irmãos de religião. De seu lado, Olindo, que ama Sofrônia, se denuncia para salvá-la. Como solução, o rei maometano condena ambos a morrer na fogueira.

Ato contínuo, declamou a primeira oitava que assim fora por ele traduzida:

Ao tempo, em que o Tirano apronta a guerra,
Ante ele se apresenta Ismeno um dia,
Ismeno, que animado desenterra
O cadáver, que jaz na campa fria:
Ismeno, que a Plutão assusta, e aterra
No seu trono, dos filtros c'a magia:
que a seu mundo fatal, quando pretende,
As fúrias infernais desata e prende."

Depois de dizer uma dezena de estrofes, calou-se o padre, encerrando sua fala que foi aplaudida com muitas palmas e bravos.

Em resposta, agradeceu o governador ao orador, dizendo da grande honra que tinha em servir o príncipe regente e sua fidelíssima progenitora, a rainha D. Maria, enaltecendo os feitos portugueses em terras tão longínquas e conclamando a todos para se unirem na defesa do reino português, o príncipe e a rainha, naquele momento tão grave para a existência do homem. Dito isso, batidas as palmas, o governador assentou-se na curul ali colocada e, tendo à frente o Sr. Raimundo Nonato Hiacinto, os circunstantes iniciaram o desfile diante do capitão-general, cuja mão beijavam como se fora o próprio rei ali presente, ao som da orquestra que continuava tocando ininterruptamente. Desde o começo da solenidade, funcionava como mestre de cerimônia o ilustre funcionário da Fazenda Real, Sr. Raimundo Nonato Hiacinto, que se pavoneava no salão, metido em bela vestimenta composta de longa sobrecasaca preta, de medalha de prata pendente na lapela, colete branco, calças compridas da mesma cor e tecido da sobrecasaca, e sapatos pretos.

Por fim, terminadas as apresentações, o sr. governador bateu as palmas e escravos e empregados, carregando grandes bandejas, serviram doces, confeitos, chá e sangria aos presentes. Nesse momento, no sereno, houve gritos e correrias provocados pelos vadios e desocupados que procuravam participar da comida e da bebida, tentando invadir a sala ou qualquer dependência do palácio fortemente vigiado pelos milicianos, que não pouparam espaldeiradas inclusive nas pessoas que estavam junto às janelas do lado de fora e portanto incomodando aquelas que de dentro do salão se aproximavam dessas mesmas janelas.

Indiferente a tudo, à presença do sr. governador, pela mão do elegante Hiacinto, foi trazida a Sra. Mécia Corrêa Leite, uma das poucas damas que sabiam dançar, e o minueto executado por mestre Apolônio era um forte apelo ao bailado de que tanto gostava o nobre capitão-general, como constava. Mais três outros pares surgiram no salão e em breve instante houve por ali uma revoada de seda e veludo, abas de casaca e caudas de vestido ou leves echarpes. Sentadas em torno da área de dança, as matronas e moças trocavam sorrisos e cochichos ocultos em parte por trás dos leques, ao mesmo tempo que todo um vasto código de comunicações se estabelecia entre homens e mulheres por intermédio da linguagem dos gestos, flores, lenços e olhares. Era a festa, a grande festa do novo capitão-general.

Terminada a contradança, silenciados os instrumentos do mestre Apolônio, o sr. governador dirigiu-se para onde estava o Sr. Brás Martinho de Almeida com a mulher e filha, a quem solicitou para ser seu par na próxima contradança, mas Ângela meio encafifada teve que confessar que não sabia dançar e não queria parecer ridícula no salão. O governador, na suposição de que se tratava de mera timidez, ainda tentou convencê-la de que dançar nada tinha de difícil; era apenas deixar-se levar pelo embalo da música e do parceiro. Naquele caso, ele, o governador, saberia guiá-la. Ângela não admitia que o quase noivo não ligasse importância a seu pedido, por isso foi com certo forçado interesse que sustentou o olhar do conde e sorriu ante suas palavras. Entretanto a moça meio enleada por sua educação falha nesse ponto, escusava-se de maneira irrevogável, e D. Potenciana tentava uma justificativa: — É aquilo que dissemos outro dia. Como por aqui nunca há bailes, descuida-se de aprender a dança... Está vendo! Dá nisso...

— Bem. Não há de ser nada — ponderou o jovem. — Mas se não danças, certamente não vais negar-me o prazer de dar um passeio comigo pelos jardins do palácio, não é mesmo?

— Oh, não. É um prazer — anuiu Ângela que era desembaraçada e muito senhora de si. Travando, pois, do braço de Ângela, o jovem governador com ela saiu conversando, enquanto davam uma volta pelo salão, diante dos olhos estarrecidos e invejosos dos circunstantes, que anteviam nisso a escolha pelo sr. governador de quem viria a ser a futura amásia em Goiás, embora a escolha parecesse audaciosa e mesmo imprudente, por se tratar de uma donzela da melhor família. Contudo... Atrás do governador seguiam o pai e a mãe de Ângela, igualmente de braços dados.

Para começo de conversa, tocou o jovem no assunto da carta que trouxera, missiva do irmão que estava em Portugal, e a seguir perguntou a Ângela se já havia estado na Europa. A moça confessou que não, mas estivera no Rio de Janeiro e Vila Rica, tanto num como noutro lugar apenas por breve tempo e, prosseguindo, indagou como ele estava sentindo Vila Boa.

— Encantado! Estou encantado. Apesar das informações, nunca pude imaginar que fosse encontrar o que vejo.
— Muita pobreza, muito atraso? — interrogou ela com um pico de ironia.
— Não. Pelo contrário. Estou admirado de ver uma Vila tão adiantada no meio do deserto, em pleno miolo da América do Sul, a várias centenas de léguas da costa e nela vivendo artistas como estes músicos, eruditos, como o Cônego Silva e Sousa, uma sociedade civilizada como a que se reúne neste palácio...
Como Ângela o encarasse admirada pelo calor das palavras, terminou: — Acima de tudo, estou inebriado pelo encanto de uma jovem tão bela como esta que tenho a meu lado. Basta isso para que tudo me pareça maravilhoso.
Ângela riu-se, abanando o leque com nervosia, atenta à voz do jovem que continuava: — Certamente que a menina terá muitos admiradores e pretendentes... certamente foi por vontade própria que ainda não tomou estado e...
— Não. Não é tão fácil. Infelizmente Vila Boa é pobre, há muito rapaz em idade de casar, mas poucos podem sustentar família decentemente, por falta de serviço. A vida aqui não deixa de ser difícil.
— Pode ser. Acho, entretanto, isto é, já fui informado que a menina é cortejada insistentemente por um dos jovens mais promissores da terra, um jovem militar, que tem como pai destacado homem com funções na Câmara Municipal e na Magistratura.
— Em parte é verdade — disse a moça timidamente, lembrando o quão esquivo era o diabo do Alferes Jardim, sobre cujas intenções não sabia o que afirmar.
— Ah, muito bem! — ria-se o governador. — Quer dizer que o coraçãozinho já está ocupado por outro!
Ângela ria-se também e para recompor-se do constrangimento de ter que falar de assunto que lhe parecia tão íntimo e particular, sobre os quais nunca conversava, voltou-se por um momento para trás, a fim de dizer algo à mãe que os acompanhava, no que foi imitada pelo par. Tudo foi coisa momentânea e como a música se interrompesse e os circunstantes batessem palmas, ela e o parceiro entraram no pequeno jardim do palácio, e foram andando pelas aléias calçadas de pedras, ouvindo o leve murmurar das águas da pequenina fonte ali existente. Ângela sentia-se envaidecida por notar, pela conversa, que o general havia estado a indagar sobre

sua vida. "Sinal de que estava interessando-se por ela, Ângela".
Assim, foi a moça que retomou a conversa: — Seu encantamento com Vila Boa vai passar logo, sr. conde. O viver aqui é monótono. Na carta, meu irmão prevê isso e diz que para alguém habituado com a vida de Lisboa e com a vida em outras capitais européias, como é o caso de vosmecê, Vila Boa é um degredo.

— Depende de se encontrar alguém que nos encha as vistas e o coração. Já não ouviste falar nas doces cadeias do amor?

Ângela sentiu profundamente a carga de insinuações contida nas palavras e na entonação de voz do governador, mas não demonstrou nenhuma reação, para continuar: — Minha mãe, que já morou no Rio, diz que nós aqui somos muito fechados dentro de nós mesmos. Em Vila Boa só existem algumas festas de igreja. Não há bailes, nem reuniões, nem passeios, nem jogos. Cada qual vive metido em sua casa e ninguém sequer visita os amigos e conhecidos.

— É. Hoje me falaram disso. Foi a Sra. Mécia que me falou. Aliás, outra mulher não apenas bela, mas educada.

— Justamente — concordou Ângela. — Já ouvi de alguns homens que seu único defeito são os cabelos. — Frase que terminou num quase muxoxo para sublinhar seu desagrado ante o elogio do governador e desprezo por quem trazia evidentes marcas de mestiçagem.

— Sim, mas isso não é uma norma fixa — disse o governador, que imediatamente percebeu que a frase era ambígua e que Ângela poderia entender que "norma fixa" referia-se aos cabelos meio pixains de Mécia. Por isso, num sorriso brejeiro, corrigiu-se: — Quero dizer que tal falta de convivência não é uma norma fixa. Nós, especialmente os mais jovens, podemos modificá-la. Que é que nos impede de organizar festas e reuniões como se faz em toda a parte do mundo!

Ângela meio amuada desde a referência feita a Mécia, apenas aponderou que quem talvez tivesse poderes para semelhantes alterações de hábitos locais seria o próprio governador, mais do que ninguém: — Mas tinha suas dúvidas... — E como já estivessem novamente no salão, onde o general tinha que conversar e dançar ou desfilar com outras mulheres, procurou arrematar a conversa pela seguinte forma: — Menina Ângela, para dar começo às reformas dos hábitos goianos, quando poderei vê-la novamente? Onde poderei vê-la?

Nesse momento a moça pensou no quase noivo e com um profundo sentimento de quase vingança deixou-se enamorar pelo conde. Já parados, antes que os pais se aproximassem demais, a moça calmamente respondeu:

— Vosmecê tem a seu serviço uma senhora que está de governanta, a senhora Aleixa. Ela servirá de ligação entre nós, mas é bom que disso ninguém saiba além de nós três: eu, vosmecê e Aleixa.

— Confias tanto nela?!

— É minha madrinha e minha segunda mãe. Sei que só quererá meu bem...

— Oh, que bom — disse o general. E como os pais de Ângela chegassem, a eles se dirigiu o governador, dizendo que estava combinando com a menina Ângela um passeio a cavalo, pois sabia que ela era ótima cavaleira.

— Deveras. Grande cavaleira — confirmou D. Potenciana. — Acho que é afoita demais, que precisa ter mais cuidado, que cavalos são sempre bravios.

Aí o general explicou que não era bem isso que praticavam. Acontece que ele vinha com a incumbência de pacificar a família goiana, mas já sabia que o pessoal ali era de escassa convivência. Para melhorar as relações sociais estava imaginando a criação de um ponto de encontro e recreio. Imaginava estabelecer nos arredores da Vila um local, quem sabe um pavilhão, onde as pessoas pudessem se encontrar, conversar, ouvir música, dançar, praticar jogos, enfim, manter relações de amizade e convivência. Tanto Brás Martinho como a mulher achavam difícil promover semelhantes reuniões, mas não custava tentar e desde o momento punham-se à disposição do governador para ajudá-lo na construção do pavilhão e na tentativa de aproximação das pessoas.

— Por sinal — apressou-se o Sr. Brás em dizer — por sinal, conheço aqui perto um lugar que parece que foi feito para isso que o governador está imaginando, vou levá-lo lá... Antes que o interlocutor terminasse, o governador o atalhou: — Desculpa, desculpa. Vamos à prática. Vamos marcar para depois de amanhã uma ida a esse local que te parece apropriado. Não achas melhor?

— Certo — anuiu o Sr. Brás.
— Certo — confirmou o governador. — Depois de amanhã, na parte da manhã. Trato certo — reafirmou afastando-se. O general tinha pressa. Ainda devia dirigir-se a outros casais e assim, seguido do elegantíssimo Hiacinto, rumou para outro ponto do salão, enquanto Ângela e seu pai viram-se rodeados de pessoas que acudiam curiosas. Embora não demonstrassem, o que pretendiam era obter informações sobre o motivo de tão longa e animada conversação.

— São conversas sobre o nosso Tristão — declarava D. Potenciana antes que as perguntas viessem. — Em Portugal, meu filho e o governador são amigos, cursaram juntos a Universidade de Coimbra. Mas o que me interessa é que o ingrato desse meu filho volte logo para o Brasil e para Goiás, antes que esse condenado do Napoleão chegue a Portugal e prenda todo mundo.

Agora quem se aproximava era o Desembargador Coutinho com sua mulher, ambos gordos, encalorados e apertados nas quentes indumentárias, seguidos de uma lânguida e descorada jovem que aparentava ser um pouco mais nova do que Ângela. Pela sala o general dançava novamente com outra mulher, talvez a manceba do intendente do Ouro, Sra. Andreza Amaral, de uma das melhores e mais ricas famílias vila-boenses, ela mesma credora do maior respeito e estima de todos. Outros pares dançavam e entre eles estava o Desembargador Mourão com a louríssima Barrosa, como se fossem dois namorados — comentavam as matronas assentadas e o povo do sereno. Outro par era formado pelo Sr. Hiacinto que levava nos braços uma mulher ricamente vestida: a amásia do Ouvidor Lis.

— O Hiacinto com mulher! — exclamavam homens e mulheres, estas últimas trocando entre si olhares significativos e curtas frases picadas de risotas. Via de regra o funcionário da Fazenda Real nunca era visto em companhia feminina. Seu parceiro habitual era o belo moço escravo — o Antinoo — como lhe chamava a maledicência do Cônego Silva e Sousa.

Dissolvida a roda de palestradores, Coutinho com a mulher e filha dirigiram-se com o Almeida, mulher e filha para um ângulo do salão, onde a luminosidade não era tão forte, nem tão grande o número de pessoas que conversavam; refugiavam-se ali para trocarem opiniões sobre as notícias trazidas pelo capitão-general não somente acerca dos rumos a dar aos negócios de Goiás, mas ainda referentes às coisas graves que aconteciam na distante Europa e que punham em risco a existência de Portugal e da realeza dos Braganças, que Deus proteja e guarde. Brás Martinho falava dos planos de D. Francisco sobre o tal pavilhão de diversões, momento em que a clorótica filha do Coutinho rompe o silêncio e aprova a idéia.

— Que boa idéia! minha filha — acode a mãe da moça, que completa: — Será mais uma coisa que Vila Boa já teve.
— Correto — profere o Sr. Coutinho. — Isto aqui é a terra do que já teve. Para exemplo aí estão as ruínas. Quede o Passeio Público feito por D. Luís da Cunha? Quede o Horto Botânico feito por D. João Manoel de Meneses? Foi feito ontem e já está às moscas.

— Quede o ouro, quede as minas, quede a riqueza de outrora?! — exclama patética D. Potenciana emocionada.

Nesse exato momento, ouviram-se vozes mais fortes como de alguém que chamasse aos gritos. Todos atribuíram a alguma desordem dos temidos vadios. Houve um breve silêncio, sobre o qual a voz proclamava em tom estentório: — Vamos embora, vamos embora! Aqui só há amigados. Aqui só há putas!

As pessoas assentadas ergueram-se, os leques parados, cada qual indagando o vizinho que também não sabia de nada. Os pares ficaram paralisados, com exceção do governador que prosseguia a tudo indiferente. O Coronel Marcelino Manso e o Major Álvaro José Xavier atravessaram o salão com certo açodamento, dirigindo-se para o local de onde partiam os gritos. E logo começou a circular a explicação. Era a esposa do Sr. Brandão, que protestava contra a presença ali de diversos casais amigados. Para ela era uma afronta aos poucos casais legítimos presentes que os amasiados se apresentassem no salão. Quem era casado legitimamente merecia todas as honras e deferências. Onde estavam as autoridades encarregadas de zelar pela moral? Onde estavam os senhores vigários? Do ouvidor nada se podia esperar, que também estava metido na pândega!

Segundo diziam, os protestos do Sr. Brandão e sua esposa eram motivados pela presença ali de D. Andreza Amaral que — segundo se comentava a boca pequena — era amante do intendente do Ouro, a quem o governador dedicava amizade e que lhe levara a

Sra. Andreza para a contradança. A orquestra não chegara a interromper-se, o governador não tomou conhecimento do acontecido, e na porta que dava para o corpo da guarda havia uma aglomeração de pessoas cercando os dois militares que levavam amigavelmente o Sr. Brandão e esposa. Em breve tudo serenou, ficou no ar algo de constrangedor e desagradável, que os festeiros procuravam apagar com risos e pilhérias. De qualquer modo, o incidente perturbou a festa. A música claudicava; o pessoal do sereno minguava com o entrar da meia-noite que prometia aguaceiros; os vadios engrossaram as arruaças, às quais os pedestres não davam tréguas, exigindo que se esvaziasse o Terreiro do Paço. O Capitão-Mor Marcelino Manso não poderia ter condescendência com tal espécie de gente, que era muito desaforada. Na derradeira festa que houvera ali mesmo no palácio, ainda ao tempo do Governador João Manoel, acontecera aquele fato desagradável e vergonhoso que se atribuía ao ardil e ao atrevimento do intrigante Tristão da Cunha, na eterna disputa com o primo. No salão dançavam quadrilha. No momento que há aquele ritmo no qual todos vão-se trocando os pares e trocando as mãos na corrente geral — nesse momento notaram os dançadores que as mãos estavam sujas e que um fedor nauseabundo de excremento humano invadia o salão. Cada um procurou olhar e cheirar as próprias mãos e pôde notá-las sujas de algo feito uma fruta podre, que malcheirava a merda. Parou-se a contradança e cada qual, de mão para o alto, se despedia do amigo com uma cortesia de cabeça apenas, procurando ganhar a rua e encontrar o mais ligeiro possível um pouco d'água com que pudesse limpar as mãos e livrar-se de tanto fedor. E o pior é que Vila Boa nunca tinha água suficiente para nada! No palácio ela era vasqueira e o poço ali instalado passava seco a maior parte do ano, obrigando os ocupantes a utilizarem pipas e ancorotes como reservatório do líquido que escravos traziam do distante chafariz da Cambaúba.

No dia seguinte se soube. Um vadio entrou no salão naquele momento de troca dos pares e, com as mãos carregadas de merda, não precisou nem dar uma volta completa para distribuir a sujeira e catinga entre todos os dançadores. A façanha teria sido do famoso Generoso da Etelvininha. Urgia que semelhante prática ou outra parecida nunca mais se repetisse, que vadios é que não faltavam e cada dia se tornavam mais numerosos e mais audaciosos.

As duas famílias deixaram o palácio e, à porta, foram tomar as liteiras com que os escravos as esperavam, a fim de as levar a casa. No momento em que entravam para as conduções, aproximou-se uma pessoa bem vestida e disse que vinha da parte do sr. conde desejar as boas noites aos ilustres visitantes. Num momento, na semi-escuridão dos archotes dos escravos condutores, Ângela sentiu que alguém lhe tomava a mão e nela deixava alguma coisa. A moça não entendeu bem, mas segurou a tal coisa, que agora reconhecia ser um papel. Conservou-a na mão fechada, até que pôde metê-la no seio sem que ninguém percebesse, quando já iam a caminho de casa, ela numa liteira com a mãe, atrás, numa serpentina, seguia o pai.

CAPÍTULO IV

"Antes da minha partida (28 de maio) ele anotou o meu nome no seu registro. Lancei um rápido olhar ao livro e verifiquei que desde o dia 19 de fevereiro (por mais de três meses) não havia entrado ninguém na Província de Goiás, e no entanto era aquela estrada que fazia a ligação com o Rio de Janeiro e com grande parte da Província de Minas (1819)." [*Viagem à Província de Goiás*, de A. SAINT-HILAIRE, Ed. Universidade de São Paulo, p. 22].

NO QUARTO, depois do baile, Ângela não conseguia dormir, excitada por quanto lhe dissera o conde, e que jamais ouvira de ninguém nunca em sua vida. Na verdade, embora mantivesse namoro com o Alferes Rodrigues Jardim desde os 14 anos de idade e com ele já conversasse numerosas vezes, e até experimentara dançar alguns passos, nunca ouvira de seus lábios nada que de longe lembrasse as palavras firmes e ardentes do capitão-general. Será que o alferes gostava mesmo dela? Por que ainda não a pedira em casamento, quando ambos até já estavam passando do limite da idade geralmente adotado para tomarem estado? Por mais de uma vez Ângela se perguntou-se o alferes a amava e por mais de uma vez, como naquele momento, não sabia o que concluir. Não encontrava explicações para a ausência do quase noivo à recepção. Teria ele algum intento oculto? Ah, esse alferes estava enganado, não sabia quem era Ângela! O que contava é que o conde era um nobre; era pessoa da mais alta linhagem em Portugal. Era rico, jovem, educado, bonito, poderoso e lhe podia dar uma vida cheia de encantos e prazeres, viagens, presentes, enquanto o alferes nada disso tinha para oferecer. Porém por um secreto instinto, a moça tinha mais confiança no seu alferes goiano. Se até aquele momento nunca lhe dissera que a amava era porque seu temperamento era de homem fechado, sério, incapaz de semelhantes confissões, senão depois de saber que era amado.

Entretanto, que diabo! Se até aquele estranho a admirava e confessava a admiração, que orgulho ou que indiferença seria essa do alferes? À luz vermelha da candeia de azeite, pela vigésima vez, Ângela relia o bilhete que recebera à saída do palácio, procurando penetrar os menores mistérios de cada palavra e de cada frase. O bilhete era assim:

> MINHA ADORÁVEL ANGELA:
> Da janela aqui vejo-te entrar no palanquim com a senhora tua mãe e meu coração se fecha em trevas. Para mim, a festa acabou e tudo é tristeza desde o momento que teu vulto radioso deixou o salão e que teus olhos não iluminam minha vida. Ângela, adoro-te. Estou apaixonado por ti. Não posso viver sem ver-te. Responde-me amanhã, talvez hoje ainda, onde, quando e como vamos nos encontrar.
> Do teu
> FRANCISCO.

Como das outras vezes, Ângela sorriu envaidecida, orgulhosa, alegre, mas em seguida seu semblante ensombreceu pelos pensamentos que a atormentavam. Era lindo sentir-se assim proclamada, mas até que ponto aquele bilhete não era produto de uma atitude leviana, de alguém que se deixava facilmente inflamar pela paixão, ou de alguém habituado a fazer galanteios pelo simples prazer de os fazer?

Seus pais sempre diziam que os cortesãos eram geralmente pródigos em elogios, em solércias, em hipocrisia. Que diferença de comportamento do alferes! Quem estaria com o verdadeiro amor? No fundo um certo ressentimento mordia o coração da moça. Por mais de uma vez havia insinuado a José (primeiro nome do alferes) que estavam em tempo de resolver se casavam ou não. Ele tinha profissão definida na vida militar, e portanto não precisava temer o futuro. Por que então não se casavam? Eis ali o exemplo do conde. Apesar de se haverem visto duas vezes somente, ele abria o coração, ele enfrentava tudo para declarar seu amor, ao passo que o goiano permanecia incógnito e distante. Não. Ela não devia esperar mais. E ali mesmo, naquele instante, tomando papel e tinta, escreveu esse bilhete:

> SENHOR ALFERES JOSÉ,
> Preciso ver e falar com vosmecê imediatamente. Procure encontrar-se comigo urgentemente.
> Obrigada,
> ÂNGELA.

A moça sabia que devia encontrar-se com o conde, mas só o faria após ver o seu alferes e ouvir suas razões sentimentais; depois de saber exatamente que ele não pretendia casar com ela. Depois de ler o bilhete algumas vezes, dobrou-o amorosamente e chamou a mucama que dormia no chão ao lado, ordenando-lhe que tão logo amanhecesse fizesse aquele bilhete chegar às mãos do alferes, aquele alferes que a mucama conhecia tão bem.

Acontece, porém, que Ângela ignorava uma particularidade. Antes da recepção em palácio, um soldado de dragões enlameado e sujo fora levado à presença do governador, a quem apresentou um envelope fechado. O conde abriu e dentro estava um pedido urgente de socorro enviado pelo destacamento militar postado no presídio erguido no local demarcado para assentar-se a futura sede da recém-criada comarca do Norte, a vila de São João das Duas Barras. O comandante do destacamento pedia a presença de um elemento do governo, pois havia ameaças de que os franceses do diabólico Napoleão, que formavam a poderosa guarnição das Guianas Francesas, pudessem atacar o Pará.

— São João das Duas Barras — repetia o conde sem saber o que era e onde ficava. E num momento reconheceu que deveria admirar Napoleão. Até ali naquele caixa-prego o desgraçado do general continuava ameaçando, como se pretendesse o mundo inteiro para si. Para instruir-se, mandou chamar o Coronel Manso, ainda no comando dos dragões, o qual chegou imediatamente e explicou com minúcias:

— Era muito distante — e abrindo um velho e estragado mapa mandado fazer pelo Capitão-General José de Almeida Vasconcelos, apontou com o dedo o local visado, bem ao Norte, perto de Belém. O presídio fora levantado pelo Sr. Brás Martinho de Almeida, pai do jovem estudante Tristão de Almeida, colega do sr. governador em Coimbra. Naquela quadra do ano, as coisas se complicavam porque para chegar lá havia dois caminhos: um era o rio Araguaia; o outro o rio Tocantins. O segundo caminho era o mais prático, embora mais longo.

Ante o mapa aberto, o governador apontando com o dedo os caminhos, estranhou: — Mas pelo Araguaia é só tomar um barco e descer rio abaixo até aqui no Itacaiúnas, onde está o presídio! Parece que não há dificuldades! O velho militar ria-se: — Sim, é como o senhor diz. Parece que não há dificuldades; mas há e intransponíveis. O ex-Governador João Manoel de Meneses veio por esse rio e eu vim com ele. Viagem infernal, meu conde! O rio Araguaia é muito pouco freqüentado e não conseguiria um barco para semelhante viagem. Teremos que fabricar o barco: e não apenas um barco, pois na região não há sitiantes nem fazendeiros nem comerciantes; então temos que fabricar outro barco para levar mantimentos, mantimentos que lá não existem e que temos de transportar desde aqui até os barcos. E mesmo assim não é fácil comprar mantimentos. Nossa lavoura é escassa.

— Espera, espera, o coronel complica demais as coisas! — procurava afobadamente o governador atalhar o militar. Ainda rindo-se maliciosamente o coronel explicou: — Que complicar, meu general! Ainda não disse tudo. Até hoje me horroriza o que passamos na subida desse rio! A região é freqüentada por ferozes indígenas que atacam as expedições. Será preciso, no mínimo, outro barco levando soldados armados para defesa da comitiva. Não, senhor governador, o Araguaia é impraticável.

— Então será o Tocantins? — perguntou desanimado o capitão-general.

— Justamente. Será o Tocantins. Mas chegar lá, veja aqui no mapa o percurso. — E com o dedo curto de sua grossa manopla o militar mostrava a trajetória no velho mapa de 1778; de Vila Boa iriam ao arraial da Barra, daí ao arraial de Guarinos, daí, virando para leste, chegariam a pilar; daí a Água Quente e Traíras. Em Traíras havia uma concentração militar e lá o comandante-de-pedestres forneceria gente em munição que seguiriam para São José do Tocantins, daí para São Félix... Desse ponto em diante poderia descer o Tocantins. O mais certo era chegar ao Porto Real, que era um lugar que oferecia recursos para fretar barcos e remadores experientes capazes de atingir Itacaiúnas.

Se agora, fins de fevereiro, os rios ofereciam franca navegação, em compensação as estradas terrestres desapareciam, com os rios sem pontes impedindo a travessia, engrossados pelas chuvas. Essa viagem de Vila Boa até um ponto navegável do Tocantins, naquela quadra do ano, era um verdadeiro tormento. A distância não seria vencida em menos de dois meses, só o trajeto entre Vila Boa e Porto Real.

O governador derrubava o queixo: — Meu Deus!

— Sim, excelência! Isso aqui não é Portugal. Daqui a São João das Duas Barras, que é apenas um presídio, daqui lá são umas quatrocentas léguas sem estrada, sem pontes, com uma navegação totalmente irregular. Com essa chuvarada é viagem para três meses ou mais!

O assunto urgia, e o conde era homem de rápida deliberação:
— Pronto! Esse o trajeto. Agora outro problema. Quem iria para o destacamento de São João?

Novamente o Coronel Manso ergueu as sobrancelhas, fez umas caretas e respondeu: — É sempre o mesmo problema. Nossos homens da tropa de linha são poucos e estão todos ocupados. Só o serviço de arrecadação dos impostos ocupa a maior parte da tropa. É uma coisa totalmente errada, mas ordens superiores são ordens superiores.

— Vamos tirar um militar graduado de outro lugar e mandá-lo — ordenou enfático o governador. E de lá o Coronel Manso novamente ergueu as grossas sobrancelhas em sinal de dúvida, de insegurança, o que forçou o governador a perguntar qual seria a inconveniência de tal permuta. "Puxa, que aquele Coronel Manso ali estava para ajudar ou para atrapalhar!"

— É que... é que... — o militar gaguejava. — Excelência, é que para qualquer alteração, mesmo na distribuição dos oficiais militares, v. exa. deverá primeiro pedir licença a Lisboa e só fazê-lo quando obtiver aprovação de sua sugestão. E Lisboa está muito distante. É no mínimo um ano para termos tal determinação.

— O quê! o quê! Então não sou o comandante das tropas! Então não sou o governador da capitania! Não sou o capitão-general!

— Desculpe, exa., minha obrigação é informá-lo do correto,

mas v. exa. é um conde, é amigo do príncipe regente, portanto seus poderes crescem muito. O regulamento porém é isso que eu lhe disse, no cumprimento do dever.

— Ordeno que mande um alferes e dois soldados.

— Muito bem, exa., aqui estou para cumprir suas ordens — respondeu o velho militar. — É só isso?

D. Francisco continuou: — Não. Em Traíras ou Porto Real que se recrutem mais homens. Ficará mais barato se nós os recrutarmos lá, em vez de os mandar daqui. Uma tropa será mais difícil de locomover do que apenas três homens.

— Vou ordenar a viagem ao Alferes Rodrigues Jardim, do Primeiro Regimento da Cavalaria Miliciana, confirmado no posto por ordem real.

Perguntou o governador: — E quem é ele?

— Perfeito militar. Inteiramente responsável. Homem relativamente culto. Da melhor família. O pai é membro da Câmara Municipal e foi juiz várias vezes, tem fazenda aqui por perto. É português de nascimento — frizou bem o Coronel Manso.

— Casado ou solteiro? — perguntou o conde.

— Solteiro, é claro, que casado não se meteria em tal façanha. Isso, chegar lá e voltar, é tarefa para 12 meses, um ano redondo.

— Upa! tudo isso — exclamou o conde. — Como esta terra é grande, quanta coisa por fazer!

— Senhor governador, são estas as ordens?

— Sim — respondeu o conde, mas quero ver e falar com esse fenômeno de responsabilidade e de capacidade que você achou. Quero conhecer esse alferes, como é seu nome mesmo?

Rindo-se novamente, o militar informou: — Alferes José Rodrigues Jardim, Primeiro Regimento de Cavalaria Miliciana, confirmado por ordem real.

— Pois é, quero vê-lo pessoalmente.

— Correto, excelência. Antes que seu secretário termine a redação do ofício de encaminhamento do alferes, estarei com ele aqui para que o sr. conde o conheça e o admire. Sei que se tornarão amigos.

O Coronel Manso afastou-se e o conde quase se ria ao pensar que o militar dizia que o alferes era pessoa da maior responsabilidade e da maior capacidade. Pelo que o governador sabia, ali na terra só os portugueses de nascimento tinham tais virtudes: goiano era preguiçoso, incapaz, sem o menor senso de responsabilidade. Queria só ver!

Não havia nem ainda chegado a orquestra para a festa, já o alferes estava frente ao capitão-general recebendo as instruções recomendadas como da maior importância. E o conde arrematava enfático: — Senhor alferes, isso é missão que interessa diretamente a nossa piedosa e infeliz rainha e que seu filho, o príncipe regente, quererá conhecer ponto por ponto. Exijo o máximo de cuidado.

— Tudo será fielmente cumprido, excelência.

— Mas, veja bem — ponderou o conde. — Ninguém saberá de sua viagem e de seu paradeiro. Só sabemos disso eu, vosmecê e o Coronel Manso. Vosmecê está totalmente proibido de revelar a quem quer que seja tal operação. Nem seu pai, nem sua mãe saberão de sua viagem e de seu destino.

— Se, por acaso, eu tiver que comunicar-me com alguém, a quem devo dirigir-me, excelência?

O conde vacilou e perguntou: — Alferes Jardim, ouviu bem minhas recomendações? Ponderou sobre elas?

— Sem dúvida, excelência.

O governador olhou para o Coronel Manso como a pedir socorro para aquela pergunta do alferes e o coronel logo acudiu: — Na minha opinião, excelência, o alferes deverá, em caso de última necessidade, dirigir-se ao comandante da tropa de dragões de Traíras ou ao nosso capitão-general, se for mais fácil.

O governador fechou carranca: — O coronel disse Traíras? Mas Traíras está a 300 léguas de Itacaiúnas.

— Então? — exclamou o coronel. — Mas é o único ponto mais próximo. Não há como fugir à distância.

— Justo. Muito bem — confirmou o conde que tornou a recomendar: — É partir já-já, ainda esta noite. E silêncio... e correta execução...

E assim, as rabecas e rabecões de arcos bem encerados ainda gemiam e soluçavam no salão do capitão-general, quando o Alferes José Rodrigues Jardim com dois soldados deixava Vila Boa, enveredando-se pelas profundas cavas da estrada da Cambaúba, rumo ao povoado da Barra. Em Vila Boa ficara seu escravo de confiança que deveria levar algumas roupas e papéis tanto do alferes como de seus acompanhantes. E foi justamente esse escravo que logo pela manhã a mucama de sinhá Ângela encontrou. Como já o conhecesse, perguntou pelo sinhozinho, a quem queria entregar uma carta. Mas o escravo não soube responder. O que sabia é que ele, escravo, iria encontrá-lo talvez naquele mesmo dia e por isso a mucama poderia dar-lhe a carta que seria entregue. Com muita recomendação de não esquecer de entregar, a mucama deixou com o escravo o envelope fechado e voltou para casa, no momento que o preto, montado, partia no rumo da Cambaúba. O dia vinha raiando, como recomendara a sinhazinha.

CAPÍTULO V

"A segurança das Minas é o castigo das insolências." [Instruções de GOMES FREIRE DE ANDRADE ao irmão José Antônio, no governo de Minas Gerais.]

VALENDO-SE da experiência de antecessores, segundo informações do inteligente, culto e experimentado secretário de governo Luís Martins de Bastos, D. Francisco desde o começo estabeleceu uma rotina diária de trabalho, com base, quem sabe, em instruções dadas por Gomes Freire de Andrade a seu irmão José Antônio, no governo de Minas Gerais.

"Principiando o dia: à primeira hora que se dá aos exercícios de católico, pedindo a Deus aparte de vós tudo que pode ser ofensa sua. Feitas as rogativas tão indispensáveis e sem que elas sejam extensas, de forma que privem um instante de tempo que toca aos negócios (tomada a refeição de alimento) deveis de responder às cartas que no antecedente dia ou dias tiverdes recebido, vendo que o que vós discorrerdes poderá ofuscar-se a memória dos ouvintes, mas o que afirmardes é uma testemunha de vossa capacidade, de vosso espírito e das vossas intenções; e como estas, às vezes por auxílio da justiça se faz preciso ocultá-las, escreve sempre com reflexão e por termos breves, enquanto não tiverdes bastante conhecimento do caráter de quem vos fala e vos escreve (que é quem vos observa), ouvi muito, escrevei e falai o que baste para não fazer insípida ou seca a conversação, ou embaraçar a expedição dos negócios.

Às dez horas deveis ir ouvir missa, se as dependências do governo não padecerem, oferecei a Deus o vosso coração e tudo o que tendes obrado e ides obrar naquele dia. Segue-se o despacho: deve ser na Secretaria (posto em outros governos se observe o contrário), pois se tira a utilidade, de que, finda a escritura, deis audiência às partes. Estas são comumente queixosas de insolências de outros, ou questionando por terras: sobre qualquer destes requerimentos (se o fato não é aprovadíssimo e escandaloso, a que se deve logo dar providência, manda-se prender logo o réu) o melhor meio de deferir é que informe o capitão do distrito, declarando-se quem estava em posse, quando se suscitou a questão: e com a informação, mandar conservar o possuído e que sigam os meios ordinários, abstendo-se dos violentos; e caso algum deles desobedeça ao despacho, mandá-lo pôr em prisão pelos dias que vos parecer conforme o caso for: e se houver ferimento, mandar entregar o réu à justiça a que tocar. Vêm à audiência queixosos de desfloração e outras semelhantes dependências, aos quais deveis mandar recorram às justiças a quem competirem, menos se forem raptos, desflorações violentas fora das vilas e aldeias; pois a estas (estando informado) deveis dar providências: se prendam os réus, por ser a segurança das Minas o castigo das insolências. Nas dívidas, interporeis o vosso respeito para as esperas com fianças; mas não devem obrigar-se os credores a esperar com violência. Sobre terras minerais fareis muito se componham por louvados fazendo primeiro termo de estarem pela sua decisão. Amparar o pobre é obrigação dos governadores; mas adverti que nas Minas há destes muitos trapaceiros, insolentes e petulantes, ide com grande sentido; porque reconhecendo em vós inclinação á sua parte, vos meterão com algumas calúnias injustas de desagravo da nobreza e assim se faz preciso misturar o agro com o doce, em tal forma que se conheça, incontestável, que o vosso ânimo só respira a defensa da razão e da justiça enquanto for pelo seu caminho.

Se alguma pessoa eclesiástica, ou secular principal ficar para vos falar particularmente, fareis entrar cada uma por sua vez na casa do docel, sendo preferidos e fazendo-os entrar primeiro, que entreis, os eclesiásticos, ouvindo com atenção e paciência os requerimentos de cada um, lhe direis respondendo com o modo mais agradável que puderdes; mas sendo preciso mostrar fortaleza na repugnância, é grande virtude com modo.

Findas estas diligências, resta jantar: e de tarde (depois de haver visto alguma coisa dos livros da secretaria para instruir) fazer passeio a cavalo ou a pé, e não havendo ocupação é isto muito útil para a saúde.

À noite, se os ministros ou pessoas principais concorrerem, deveis com gravidade entreter-lhes a conversação, mas não deve esta ser tão grave, que admita o sal de galanterias e o mais do tempo se gaste com os livros históricos ou militares."

Só agora na segunda-feira, após a recepção, começava o capitão-general a cumprir as determinações de sua rotina diária, com a eficiente ajuda do Sr. Manoel da Penha, o criado de quarto, e de Luís Martins de Bastos, o secretário de governo. A única parte que não seguia era a da missa diária às dez horas, horário reservado para o almoço, para o qual raramente convidava comensais, ao contrário do jantar, quando infalivelmente tinha convidados, apesar da resistência dos goianos em sair de casa e participar de qualquer reunião. O que salvava era a presença do elegante Hiacinto, do cirurgião-mor e do Cônego Silva e Sousa, contanto que se tivesse o cuidado de não reunir o cônego e o Sr. Hiacinto, ambos bons conversadores, mas maliciosos, que viviam a trocar maledicências um com o outro, quando davam de se encontrar.

Com o dever religioso, afora os dias santos e ocasiões especiais, D. Francisco reservava-se o direito de comparecer à missa solene das dez horas, de domingo, na igreja matriz, celebrada pelo vigário José Gomes da Silva. Como ex-aluno de Coimbra ainda ao tempo da influência ali exercida pela reforma de Pombal e dos estrangeiros, não era D. Francisco muito carola e, até certo ponto, tinha idéias avançadas para o tempo e para o meio. Levando na devida consideração a reviravolta posta em prática pela rainha, com a retomada do clericalismo, reconhecia que o povo português era um dos mais religiosos do mundo e que a Igreja católica, com seus atrasos, seria o principal esteio da estabilidade social do reino.

Sem esquecer as palavras da menina Ângela ao lhe dizer que Goiás era um degredo para o europeu, tinha que reconhecer que pelo menos desde que chegara a Vila Boa sua vida tinha sido um tumulto de ocupações e emoções novas. Inicialmente tinha mantido horas e horas de conversação com variadas pessoas, desde o governador da prelazia Roque da Silva Moreira, até o Ministro Manoel Joaquim de Aguiar Mourão, ouvidor de toda a capitania, sem deixar de escutar alguns funcionários mais modestos, de cujas informações tirara conclusões definidoras da capitania de Goiás e de seu povo, especialmente aquela pequena corte de Vila Boa. "É a Corte na aldeia, como escreveu nosso querido Rodrigues Lobo" — brincava o Cônego Silva e Sousa. De alguns obtivera notícias mais exatas, como era o caso do Ouvidor Mourão, que tomou parte relevante contra a tentativa dos camaristas em depor o Governador João Manoel de Meneses e que fora o encarregado de devassar tais acontecimentos. Valiosos igualmente foram os informes do Coronel Marcelino Manso. E essa rebelião da Câmara repercutira sinistramente na Corte de Lisboa, predisposta a enxergar em qualquer protesto germe de convulsões tão sérias quanto a Inconfidência Mineira ou Revolta dos Alfaiates, da Bahia. Em tudo isso, procurava D. Francisco agir com justiça e imparcialidade, levando na devida conta opiniões insuspeitas como a de Silva e Sousa, no poema de congratulações pela demissão do Ouvidor Antônio de Lis, e noutro famoso soneto criticando o vigário João Pereira Pinto Bravo, que o povo recitava com o maior gosto.

"Um vigário da vara circunspecto,
De costas largas e gargalo grosso,
Cuja barriga iguala com o pescoço
Que de inchada bexiga tem o aspecto,

De Bororó e Guaycuru bisneto,
Nascido em Cuiabá, de inécio poço,

Pensou encontrar mina de caroço
Na vara que empalmou, inda que inepto.

Com ela investe a pobre clerezia
Com arrancos de bruto endiabrado,
Vibrando suspensões de noite e dia.

Não pára o mono de furor levado,
E se algum padre a carne se arrepia,
Está ipso facto *excomungado.*"

Também auscultara a opinião do padre-mestre Antônio da Silva e Sousa, irmão do outro Silva e Sousa, ambos mais favoráveis a Tristão da Cunha do que a João Manoel de Meneses, mas no fundo, a conclusão geral a que chegavam era a mesma do Conselho ultramarino, isto é, que ambos eram indesejáveis na capitania de Goiás.

Por isso, já no sábado fizera publicar, mediante pregão nas esquinas e praças, a carta régia de 18 de abril do ano anterior, pela qual o príncipe regente mandava devassar dos dois últimos governadores.

Pelas esquinas e praças, pois, ao som de tambores, em altas vozes, lia o meirinho a ordem real.

"D. Francisco de Mascarenhas, governador e capitão-general da capitania de Goiás.

Amigo,

Eu o Príncipe Regente vos envio muito saudar. Tendo nomeado o Desembargador Antônio Luís Sousa Leal, para ir à dita capitania devassar do governador e capitão-general que acabou Tristão da Cunha Meneses, e do atual e capitão-general D. João Manoel de Meneses, e fazer as mais averiguações è diligências, que lhe são incumbidas pelo expediente de meu conselho ultramarino; e sendo necessário que o dito ministro vá munido de todas as providências, que possam melhor servir para a mais pronta e perfeita execução daquela diligência, de modo que não encontre embaraço algum nas autoridades civis, ou militares da mesma capitania que possam estrovar, antes de comum acordo concorrem todos para facilitar tudo o que puder ser útil às indagações de que vai encarregado, sou servido ordenar-vos que lhe presteis todo o auxílio que ele vos requerer, ou seja militar ou civil, e que participeis ao ouvidor da comarca respectiva a comissão incumbida ao referido desembargador, e lhe ordeneis que lhe preste igualmente todos os ofícios da sua jurisdição, que ele lhe requerer. E ordenareis à Câmara que apronte uma aposentadoria competente para o mencionado ministro e seus oficiais. Tereis também entendido que este ministro vai autorizado para chamar testemunhas, ainda eclesiásticas e de fora da capitania para ver e examinar cartórios, e quaisquer livros de ordens ou Fazenda que façam, a bem de apurar a verdade, passando para isso as competentes deprecadas; para pôr em extermínio pelo menos de seis léguas quaisquer pessoas eclesiásticas, ou seculares, que façam peso á diligência enquanto esta durar, e para poder tomar outro escrivão ou meirinho na falta, impedimento ou prevaricação dos que se acharem nomeados, e para melhor e mais completa execução da dita diligência, sou outrossim servido que o referido proceda na devassa que vai tirar sem limitação de tempo, nem de número de testemunhas, dispensando nesta parte o que se acha disposto na Ord. 1.1º tit. 65 §§31 e 39 e em outras quaisquer leis em contrário. O que assim executareis. Escrita no palácio de Queluz, aos 18 de abril de 1803. Para D. Francisco de Mascarenhas."

De todas as informações colhidas obteve o governador uma reprodução bastante real do que era a terra, de modo a ficar ciente de que:
 1 - Era enorme a decadência da capitania;
 2 - A população descresceu sensivelmente nos últimos 20 anos;
 3 - Os núcleos urbanos despovoaram-se;
 4 - Os habitantes deixaram os núcleos urbanos pela parte ru-

ral, onde se asselvajaram, esquecendo as práticas religiosas e o uso e o valor do dinheiro;

5 - Os índios foram retirados dos campos e matas e aldeados, disso resultando o despovoamento das margens dos rios principais, cuja navegação ficou sem apoio;

6 - A mineração quase não existia;

7 - Os dízimos, quintos e outros tributos eram extorsivos. Os habitantes de Goiás, endividados com a Fazenda Pública, com as praças de comércio de beira-mar, com o juízo dos defuntos e ausentes, com o cofre dos órfãos e com os particulares que os haviam acreditado, perseguidos pelos inexoráveis agentes fiscais e pelos credores particulares, eles viram-se despojados de suas efêmeras riquezas e reduzidos repentinamente à última indigência;

8 - O número de vadios e desocupados abrangia 40% da população;

9 - Ao demitir-se, o Governo de D. Manoel de Meneses, apresentava o seguinte quadro: ao intendente do Ouro devia 15.000 cruzados; ao ouvidor devia o ordenado de dois anos e na mesma proporção era a dívida para com os funcionários da Fazenda real, da casa de fundição e de toda a tropa. Só o governador recebia em dia porque o tesoureiro era rico e seu amigo particular, adiantando-lhe do próprio bolso o dinheiro do ordenado e, finalmente;

10 - Dominava a todos espírito de derrota e ruína que fazia do goiano o mais triste dos seres.

Por esses fatos e acontecimentos, Vila Boa estava em rebolico, agitada pela devassa que se iniciava contra os dois últimos governadores e seus principais sequazes, um dos quais o ex-Ouvidor Antônio de Lis. Esse último deveria deixar a capitania imediatamente, pois já dera residência ao tempo da chegada do ex-governador João Manoel de Meneses, mas como permanecera na vila, contra ele se fez nova devassa que o obrigou a repor ao erário quantias vultosas referentes a custas ilegalmente cobradas e recebidas, mas que não logrou expulsá-lo. Isso levou-o a conluiar-se com o ex-Governador Tristão da Cunha Meneses e ambos formarem terrível oposição a D. Manoel, para desassossego de todo o povo. O retrato desse perfeito intrigante foi feito pela ironia do Padre Silva e Sousa, num poema que os goianos sabiam de cor.

Naquela manhã, pois, de começo de março, manhã chuvosa

e triste, escrevia o governador suas cartas a familiares e amigos de Portugal, terra da qual continuava recebendo notícias pressagas referentes à pressão dos franceses contra o indomável reino. Nos dias subseqüentes o plano do governador era escrever ao governador do Pará, a quem pretendia expor o projeto de navegação dos rios Tocantins e Araguaia, pedindo-lhe o indispensável apoio. Pensando nesses projetos, voltou as vistas para a paisagem em torno — os morros muito verdes pelas chuvas, a poeira fina da água caindo. O Terreiro do Paço molhado, com um fio d'água nessa quadra do ano, uma pessoa passando nele, urubus no telhado úmido da casa fronteiriça. Talvez Ângela tivesse razão. Para um europeu Goiás era um desterro.

Nesse momento batiam na porta do gabinete. Só podia ser o Penha, o criado de quarto, a quem o conde ordenou: — Pode entrar. Está aberto.

Na verdade era o Penha enfarpelado num robissão de veludo, calção de cetim, meias e sapatos de fivela, com um papel numa salva de prata, que estendeu ao amo delicadamente. D. Francisco tomou. Era um envelope fechado, cujo conteúdo ele procurou adivinhar antes de abrir, curioso por saber de quem seria.

— Obrigado, obrigado — dizia ele com a atenção voltada para o envelope que levantou contra a claridade da janela, enquanto completava: — Quanta água, senhor Penha! Está a nos lembrar a velha terrinha, pois não.

— Verdade, meu senhor, que água por cá é coisa que não falta, benza Deus! E pediu licença ao sr. governador para inteirá-lo de algo referente à administração do palácio. O governador queria era ler a carta, mas resolveu-se a atender à solicitação do Penha e convidou-o para entrar e assentar-se, ao que ele recusou, alegando que a conversa era breve. Ato contínuo principiou a relatar a D. Francisco que o pessoal do palácio que servira às administrações anteriores tinha sido dispensado e seus lugares e funções passaram a ser ocupados por novas pessoas, conforme instruções do governador, pela seguinte maneira. O mordomo era o Sr. Pascoal de Arruda Botelho, antigo mordomo da família Gomes Barroso, de Campos de Goiatacazes, bom conhecedor dos costumes e etiquetas da fidalguia brasileira, pois fora criado e educado na fazenda do colégio pertencente a Joaquim Vicente dos Reis, o qual a arrematou em praça como bem que havia sido seqüestrado aos jesuítas; esse senhor, com sua mulher Aleixa, dirigiriam os escravos da cozinha. Minucioso como era, o Penha acrescentava que pelo lado materno Aleixa era aparentada com a mãe de Ângela, de quem era madrinha de carregar. Explicou ainda o sabido Penha que ele, o Penha, continuaria a ser criado de quarto do governador, como era natural, encarregando-se também das suas vestes, dormitório e alimentação. — Enfim, está a meu cargo cuidar de suas coisas pessoais; e das festas, reuniões e solenidades a que vossemecê deverá comparecer.

Aqui, o conde ansioso por ler o diabo da carta e um tanto amolado dos pormenores excessivos do incansável e enfadonho servidor — eternamente incorrigível detalhista — precipitou o fim do relato, dizendo:

— Tudo bem, meu querido amigo. Obrigado pelas explicações, mas não era preciso. Sei que não falhas nem negligencias no trato das minhas coisas, portanto...

— Com licença, senhor conde, com licença que há algo a referir!

— Que digas logo, meu Penha.

— Meu conde, quanto aos serviços de sua cavalariça, dos arreios, do tratamento dos animais, do cuidar das cadeirinhas, palanquins, serpentinas, enfim das traquitanas dessa terra sem carruagens, isso aí são tarefas dos seus ajudantes-de-ordens, se vossemecê me permite sugerir — terminou finalmente numa curvatura seu tanto exagerada, denunciadora de certo agastamento, se era verdade que ele Francisco tinha o mínimo conhecimento do velho servidor.

— Penha, meu velho, está bem. Os detalhes e complementos, se precisar, podes resolver da maneira que te parecer melhor, pois entendes disso como gente grande, muito mais do que eu. Agora, com licença — e retirou-se, antes, fechou a porta para ler a carta que tanto lhe interessava. Retirando-se o Penha, dele ouviu o moço uma recriminação amarga: — É sempre o preguiçoso que nunca queria lavar os olhos ao se levantar da cama! Que diabo que não conserta nunca, meu Deus!

D. Francisco abriu o envelope e sorriu — era um bilhete de Ângela. Parecia antes um relatório, no afã de ser impessoal. Desejava saúde e dava um recado: o pai queria mostrar ao conde um local onde achava poderia ser construído o tal pavilhão de diversões de que lhe falara. Ângela pedia permissão para acompanhar o pai e o governador nessa visita.

Sempre risonho, o governador tomou de papel e pena para responder imediatamente. Na resposta dizia que ele governador não dava permissão para isso; pelo contrário, ele governador é que pedia à menina Ângela a mercê enorme de permitir que ele a acompanhasse. Quanto ao mais, ficava marcada para a manhã do dia seguinte, às sete horas, a ida ao local sugerido. Ele passaria pela casa de Ângela, isto é, pela casa do pai da menina. Terminava com a palavra "saudade", que Ângela leu e releu cheia de cismares. E o seu alferes? Que diabo levou o danado! Não lhe respondeu ao convite para o baile, não respondeu ao bilhete que ela lhe mandou pela mucama, nem dera o ar da graça. Em verdade, comparando com o conde, o alferes era um brutamontes, um bicho do mato, um ferrabrás. "Eu detesto esse alferes brutal e mal-educado" — pensou a moça consigo mesma.

O restante do dia do governador foi o de rotina. Almoço em torno das dez horas, a seguir os despachos que consistiram principalmente em pedidos dos funcionários que estavam sem receber vencimentos desde alguns anos, dos comandantes militares que também reclamaram pagamento, de comerciantes que pediam tolerância para a cobrança dos dizimeiros e arrecadadores cada dia mais vorazes e impiedosos. Enfim, a choradeira geral.

Houve igualmente um representante da prelazia que vinha comunicar ao sr. governador que seu nome estava incluído entre os das pessoas que deviam guardar o Santíssimo na quarta e quinta-feira santa, na matriz de Santana, sendo ele e o sr. ouvidor os primeiros a iniciar a guarda. Avisava mais que o ouvidor era o par do governador no ato de adoração da cruz, na sexta-feira santa. Outros convites, em nome do vigário Vicente Ferreira Brandão, fez o seu enviado, referentes à semana santa que ia começar. Naturalmente que a tudo aquiesceu o ilustre representante del-rei, que seguindo as recomendações de Gomes Freire, tinha sempre a maior atenção para os eclesiásticos.

No fim do expediente, um pretinho vestido de madapolão vermelho escuro e enfeitado de galões, embora descalço, veio entregar ao ajudante-de-ordens uma carta que o governador abriu e leu com presteza. O signatário era o Sr. Afonso Henriques de Algodres que o governador não sabia quem fosse, mas que ao jantar o Sr. Brás Martinho informou ser pessoa da maior importância na capitania, quiçá em todo o reino português. E pensando com seus botões, como diria D. José de Almeida, refletiu D. Francisco que para aprender basta estar vivo. Como é que uma pessoa de tamanha importância até aquele momento lhe passara completamente despercebido! Como a importância humana era uma coisa relativa!

CAPÍTULO VI

"A Câmara de Vila Boa, sendo até agora a única desta capitania, administrava anteriormente as rendas de todos os julgados; porém a Câmara, composta de vereadores indolentes, e presidida por juízes leigos, além de indolentes, ignorantíssimos, de tal modo confundiu as contas dos seus rendimentos, e deixou de receber ou de cobrar as que lhe competiam, que durante todo o tempo do meu governo não só não pôde edificar uma só obra pública, mas nem ainda lhe foi possível reparar aquelas que já se achavam construídas em benefício do público, e que o tempo havia deteriorado." [Relatório de D. Francisco de Assis (1809) ao passar o governo ao seu sucessor. *Anais da Província de Goiás* — J.M.P. DE ALENCASTRE, Ed. Convênio Sudeco / Governo de Goiás, 1863, p. 283].

COMO FICARA COMBINADO, na hora exata, acompanhado de seu ajudante, o conde parava à porta da casa do Sr. Brás Martinho de Almeida, que ficava perto da fonte das Águas Férreas. Era uma casa de frente relativamente modesta, mas pelo lado do Beco das Águas Férreas prosseguia extensa e por fim vinha o portão que dava entrada para o pátio interior. Se a frente estava na então chamada Rua do Horto, os fundos davam para terrenos vagos, pertencentes à Câmara e que o Sr. Almeida arrendava para pastos e lavoura. Mal se fizera anunciar o governador, do beco saíram o Sr. Brás Martinho e Ângela seguidos de um escravo. Pai e filha vinham montados em belos e ótimos animais, cavalgando a moça em silhão e não em sela masculina como era costume em Goiás. Após os cumprimentos, tomando a dianteira, o Sr. Brás (que conhecia perfeitamente o local), escolheu o percurso de descer a Rua do Horto até alcançar o beco que ficava na esquina da casa do Pe. Marques; daí entrando à direita por um caminho desmanchado que transpunha o córrego Manuel Gomes e entrava na Estrada da Carioca, cuja ladeira estava fidalgamente calçada, com muretas do lado que dava para a ribanceira do morro. Deveras era uma soberba obra da qual se poderia justamente orgulhar o ex-Governador João Manoel de Meneses, se bem que, naquele momento de tantas cavilações e intrigas, o que se comentava é que do ex-governador a estrada só tinha o nome, pois quem dera o dinheiro e fizera tudo fora a Câmara Municipal, único órgão que ainda dispunha de algum numerário na terra. Bem, mas não fora sempre assim! A manhã de começo de março era claríssima e ventosa, um tanto fria pelo prenúncio da seca que chegaria com o outono. Aquela parte do vale do rio Vermelho, do alto da bela calçada, era agradável pelo frescor do ambiente úmido e sempre, sempre verde e exuberante de vegetação, àquela quadra florida de belas flores roxas, azuis e vermelhas. O passaredo irrequieto e cantador agradava aos ouvidos embora pouco se pudesse observar essa particularidade diante do entusiasmo que o governador, o Sr. Brás e a filha punham em suas conversações. O grupo se dirigia para um lugar que o Sr. Brás Martinho conhecia bem, o chamado morro de São Gonçalo, colocado ao nascente da Vila, justamente por trás do lugar onde estava o chamado Horto Botânico, outra realização do mesmo ex-governador. D. Francisco se valia da companhia para ouvir alguma coisa sobre o estado da capitania e as intrigas, dissensões, antagonismos e conchavos que lavravam no meio dos habitantes da Vila nos últimos ominosos tempos, sem contudo esquecer a presença da única mulher, a bela Ângela, que naquele momento lhe parecia ainda mais bela.

 Ângela por sua vez não perdia ensejo para se fazer admirar. Queria deliberadamente chamar a atenção do conde, pois estava profundamente sentida com o procedimento de seu amado alferes. Era lá conduta de quase noivo! Deixar sem resposta o convite para ir também à recepção do conde e depois o bilhete em que pedia um encontro urgente com ele! Não. Decididamente que isto era demais e ela saberia dar-lhe o troco! Ainda fazia pouco o conde colhera um ramo de flores azuis e o entregou a Ângela com um irresistível olhar de ternura. A seguir conversaram sobre cavalos, elogiando o conde o garbo com que ela cavalgava e dizendo que também sua mãe lá dele em Portugal fora uma exímia cavaleira, participando de caçadas como talvez não se fizessem iguais no Brasil, especialmente em Goiás. Ângela respondeu dizendo que já lera sobre tais caçadas e vira algumas pinturas.

 Assim, ora mantendo o interesse do Sr. Brás Martinho, ora o de Ângela, aproximaram-se do local visado, que o Sr. Brás logo apontou. Era uma pequena elevação que se distinguia do alto da chapada a que se chegava depois de vencida a ladeira da Estrada da Carioca. Daí, virava-se para a direita e agora ali estava o morrote que não era alto, mas extenso de mais de algumas centenas de varas. A impressão era de um morro a que se cortara a carapuça, ficando apenas a base.

— Um tronco de cone — definiu pedagogicamente o governador, com que concordou o Sr. Brás Martinho, seu tanto entendido em construções de engenharia e rudimentos de geometria, e Ângela ficou em silêncio, pois não sabia o que tais palavras significavam. Nesse momento já apeavam e o conde correu a estender a mão para a moça que, rápida e leve, saltou ao chão. Estavam justamente na esplanada construída pela ausência da cabeça do morrote, graças ao ininterrupto trabalho dos fatores erosivos durante milhares e milhares de anos.

E o conde se admirava de como o terreno se prestava bem ao que ele pretendia construir. Ali o chão era quase chato e descortinava-se sobre a cidade uma belíssima vista que só era limitada pela muralha da serra Dourada a sudoeste, a qual naquela hora tinha misteriosos laivos de luz e sombra, de ouro e carvão. Ao norte ficavam o Cantagalo, bem menos saliente visto daquele ponto, o morro das Lages e a minúscula igreja de Santa Bárbara meio afogada na vegetação crescida e exuberante nessa quadra do ano. Para o sul e sudeste as montanhas muito próximas e densa aglomeração vegetal não davam boa perspectiva, senão um bravio ar de selvageria e primitivismo como nunca pudera antes observar o conde.

— O que pretendia fazer ali? — quis saber Ângela. E o conde foi prestimoso em responder que ele pretendia criar um lugar a que os vila-boenses pudessem vir buscar divertimentos e gozar deles. Segundo seu plano, queria mandar nivelar melhor o local, fazer uma amurada como aquela da Estrada da Carioca sobre o precipício, e erigir um telhado amplo que servisse de abrigo do sol, da chuva, do sereno. Depois de feitas as construções e tudo ornamentado com árvores, plantas, tanques d'água, ali se poderiam reunir as pessoas e as famílias para ouvir música, alguém que cantasse, enquanto outros poderiam ocupar-se com jogos de salão ou algum jogo leve, vamos dizer, jogo da bola, talvez a esgrima ou coisa parecida. E dirigindo-se à menina:

— É aquilo que já conversamos. É preciso que não se viva tão isolado. A convivência é muito importante na sociedade humana.

A seguir o conde observou que pelo visto o local era ótimo e que agora tudo dependeria dos pedreiros e jardineiros.
— E a água? — perguntou o ajudante-de-ordens. — Haverá por aqui, um lugar tão alto, alguma fonte?
Não havia momento melhor para que o Sr. Brás Martinho demonstrasse conhecer perfeitamente a região. Imediatamente informou que havia uma fonte logo embaixo, desaguando para o lado da cidade. Talvez não se conseguisse fazer a água chegar até o alto a não ser com bombas, máquinas inexistentes e desconhecidas em Vila Boa. Mas se poderia fazer um tanque e baldeá-la por força de escravos. Não era difícil e dali de cima apontou o ponto donde, entre pedras e plantas, vertia a linfa, que foi vista de todos debruçados na borda do declive. Contudo, o Sr. Martinho com seu senso prático não quis ficar apenas na indigitação pura e simples da linfa que jorrava. Convidou o ajudante-de-ordens a descer com ele a rampa e ver de perto a mina. O conde avisou que se não houvesse inconveniente, ele preferia não enfrentar a descida do barranco, que parecia muito íngreme, e o sol muito ardente.
— Não, não é preciso. Vossemecê fica aí com a menina — ponderou o Sr. Martinho, já descendo agilmente a rampa abaixo seguido do ajudante e do escravo, que até ali estivera vigiando os animais. Do alto, junto a um robusto pau-d'óleo que se inclinava sobre a encosta, aí ficou o conde observando a descida dos homens; próximo estava Ângela, com quem o conde entrou a conversar. E valendo-se do momento, quando encontravam-se a sós e ocultos dos olhares paternos pela borda do barranco, ele gentilmente alcançou a mão de Ângela, que a tinha caída ao longo do corpo. Ao sentir-se tocada, talvez porque esperasse por isso, a moça teve um repelão, a que sucedeu alegre e franco sorriso e a confissão ingênua: — Ah, não entendi o que era. Não sei o que imaginei! — mas ato contínuo aceitou ternamente a mão do jovem, mão que ela deixou que envolvesse a dela com o maior carinho e maior afeição. Era como um beijo entre mãos.
De lado, soprava-lhe o governador: — Ângela, minha querida, recebeste minha carta depois do baile? — A moça respondeu algo que o jovem não entendeu nem queria, para prosseguir: — Por que não respondeste? Estás querendo me maltratar?
— Eu, eu ia lhe — Ângela não sabia bem o que dizer, nem o jovem necessitava de explicações, pois o que buscava era contato,

era comunicação sentimental. De baixo, chamavam pelo conde, apesar do que ele ainda pôde murmurar aos ouvidos de Ângela que pedia, que implorava uma resposta. Precisava conversar a sós com ela. Respondesse por intermédio da madrinha Aleixa: — Pode mandar-me recado, ou carta por intermédio dela, mas que seja logo, Ângela! Não se pode ficar eternamente esperando! — Nesse momento, num relâmpago, a moça se lembrou do alferes, por quem vivia esperando eternamente, num desperdício de tempo e juventude.

Como lá de baixo chamassem novamente, o jovem debruçou-se sobre o despenhadeiro e logo viu os dois homens que mostravam o local exato da mina, dizendo que fácil seria captá-la.

— Quer que eu desça até aí? — perguntou ele, mas os de baixo não exigiam tanto; pretendiam apenas mostrar como tudo estava ajudando na feitura do pavilhão, depois do que começaram a voltar para junto de D. Francisco e de Ângela, no topo da plataforma.

— Tudo feito por Deus, de propósito — brincou Ângela, dirigindo-se seu tanto nervosa a seu pai e ao governador.

— Pois é — concordou alguém. E a seguir o grupo se movimentou. O fidalgo alegava pressa, que ainda devia atender a uma longa sessão de audiências. Trataram, assim, de tomar os animais, o conde auxiliando delicadamente a moça a subir ao silhão, enquanto o escravo sujeitava o cavalo espantadiço; e começou o retorno à Vila, com o Sr. Martinho trocando idéias para a ereção da obra.

No rio, embaixo, batiam roupa as lavadeiras e explodiam gritos e risos — são os vadios, explicavam. — As margens dos rios estão cheias deles.

O Sr. Martinho era homem empreendedor, já havendo feito diversos trabalhos de valor, como a demarcação do local onde se ergueria a sede da comarca do Norte, a Vila de São João das Duas Barras, na confluência do Itacaiúnas; estava ligado a comerciantes e empreiteiros de obras pelo lado de sua mulher, cujo avô trabalhara ao tempo do Barão de Mossâmedes na construção do chafariz da Boa Morte, no calçamento das ruas, restauração da fonte da Cambaúba e de pontes. A ele naquele momento incumbia o conde a construção do pavilhão, obra que correria por conta do bolso particular de D. Francisco de Assis. Só havia uma exigência. Que o trabalho corresse depressa, o tempo de governo de D. Francisco era de quatro anos, caso não terminasse antes. Ele tomara posse decorridos dois anos de sua nomeação e esperava que pudesse governar dois anos mais, inteirando quatro desde a nomeação, e podendo com apenas dois anos de governo deixar Goiás. Era um desejo secreto e muito pouco viável, que no reino a tendência era encompridar o tempo das gestões e nunca abreviar.

Agora de volta o jovem fidalgo podia ver melhor a paisagem, a bela vegetação que revestia o vale do rio Vermelho, em parte estragado pelos buracos e pelos montões de cascalho restantes das catas auríferas de outrora. Também se podia ver a estrada, com a amurada sobre o vale, bela obra inegavelmente, talvez a única em toda a capitania.

— Não é a única, nem a melhor — explicava o Sr. Martinho, grande conhecedor de Goiás. Outra calçada talvez mais extensa e melhor construída estava entre Meia Ponte e Corumbá, na bifurcação da estrada que ia para o Rio de Janeiro e a outra que seguia para a Bahia.

— Aliás, passamos por ela, senhor governador — interveio o ajudante-de-ordens, com o que concordou logo o fidalgo, lembrando que lhe haviam dito que fora construída por um particular, o mais rico mineiro do século anterior, o Capitão Antônio José de Campos, especialmente para a passagem do cavalo de sua esposa. Aí já vinham entrando pela Cambaúba e o conde voltou a segredar a Ângela que aguardava um aviso dela urgentemente.

Agora entravam pelo riacho Manoel Gomes todo empolado pelas chuvas recentes e represado pelo rio Vermelho; o governador convidava a moça e o pai para lhe fazer companhia no almoço, convite de que ambos declinaram. Outro dia aceitariam de bom grado, mas naquele dia o Sr. Martinho tinha ainda, como o conde, diversos encargos de que tratar, e talvez até partisse para uma viagem a Santa Cruz, mas que o conde pudesse estar sossegado. Ia dar ordens e tomar providências ainda naquele dia para o trabalho do — como chama mesmo?

— Pavilhão — acudiu o conde.

— Pois é, pavilhão, comece imediatamente e termine também com brevidade. O conde há de ver como se trabalha em Goiás, quando existem condições favoráveis.

— Queres mostrar que os goianos não são nem os preguiçosos, nem os pasmados que dizem ser, não é isso! — E todos riram de maneira um tanto postiça, enquanto pensava o Sr. Martinho que, no frigir dos ovos, para que serviria o tal pavilhão? No seu entendimento, a nova construção pouco diferenciava do Horto Botânico construído por D. João Manoel. Também o horto era um lugar aprazível, com seus caminhos cobertos de areia branca, com inúmeras plantas nativas e importadas crescendo e sombreando o local, com fontes e regatos. No entanto, pelo que estava vendo, a construção de D. João Manoel estava condenada ao abandono e ao desaparecimento, como desapareceram a alameda de árvores e passeio público feitos por Luís da Cunha Meneses, no Largo da Boa Morte, anteriormente. "Mistérios da administração pública" — pensou consigo mesmo.

CAPÍTULO VII

"E como não há de acontecer isto, se os brancos antigos (quase únicos senhores das propriedades) fundaram igrejas e estabeleceram confrarias, em cujos compromissos se encontra a mais decisiva prova de sua ignorância (defeito dos tempos) e absurdo puritanismo proibindo a admissão dos brancos que fossem casados com mulheres pardas, índias ou pretas na confraria em que se achavam alistados, e excluíam irremissivelmente lá delas aqueles que com efeito entravam em consórcios por tais puritanos reprovados?

É verdade que o governo desaprova estes capítulos dos compromissos, mas o governo estava longe e os arraiais eram despoticamente subjugados por dois ou três celibatários, que desfaziam leis e obstavam a multiplicação da espécie humana por maneira diferente das que eles praticavam." [*Corografia histórica da Província de Goiás*, R.J. DA CUNHA MATOS, Ed. Convênio Sudeco/Governo de Goiás, p. 86].

ANTES DE RECEBER em audiência o Sr. Algodres, entendeu o governador ser de bom alvitre procurar informar-se sobre semelhante personagem de quem falavam com tamanho mistério. Poderia consultar o Cônego Silva e Sousa, mas esse sacerdote era muito cheio de requififes e silêncios inconvenientes para o caso. O mais indicado seria o Intendente Florêncio José de Morais Cid, que estava na Vila desde 1803, isto é, desde os tempos do ex-Governador José Manuel de Meneses, assistindo às inúmeras pendengas entre este e o governador que o antecedeu, o Sr. Tristão da Cunha Meneses, o rei do fuxico. Foi um tempo de que todos se lembravam com horror, de insegurança e temor, com as tropas prendendo e batendo.

Em verdade o Intendente Morais Cid logo se apresentou, vindo da Intendência, na Rua da Fundição, vizinhanças do palácio, onde dava seu expediente. Inicialmente disse o Sr. Intendente que não conhecia muito bem o Sr. Algodres, como ninguém o conhecia bem ali, pois vivia metido em sua casa lá dele e raramente saía, mantendo contato apenas com empregados e escravos. Contudo, como ele era Irmão dos Passos, entre os demais confrades sempre corria alguma notícia e eram estas que o intendente conhecia. Sabia que era português de nascimento e, como gostava de contar, havia sido amigo de juventude do Sr. João Rodrigues de Sá e Meneses, Visconde de Anádia, homem que juntamente com Rodrigo de Sousa Coutinho, Conde de Linhares, exercia enorme influência no governo português atual, com uma diferença apenas entre ambos que eram defensores da união com a Inglaterra: é que Sousa Coutinho era amigo incondicional do Brasil e o outro seu inimigo incondicional. Através de tais personagens, para não citar o dileto parente Antônio de Araújo Azevedo, Conde da Barca, o maior defensor da política de união com a França, estava não somente dando informações muito detalhadas e pessoais sobre a capitania de Goiás, como as recebendo do reino. Além de tais relacionamentos, o velho Algodres era opositor empedernido das idéias dos estrangeiros que dominaram antes a vida de Portugal, preferindo ouvir falar do diabo e não dos nomes de Verney, Voltaire, Hobbes ou Napoleão Bonaparte. E principalmente do Sr. Sebastião José, como sempre chamava ao Marquês de Pombal, cujo título nobiliárquico teimava em desconhecer.

A política retrógrada da louca Maria I era tudo que o velho Algodres achava mais correto: — É a velha, sadia e sacrossanta tradição lusitana sintetizada na frase heróica que deu a Portugal a glória e o prestígio de que goza — POR MEU DEUS E POR MEU REI! — dizia entre a ronqueira da asma. Algodres que por muitos anos fora o arrematante dos mais lucrativos tributos goianos, taís como os dízimos, entradas e passagens, além de outros, ajuntara uma poderosa fortuna e se tornara o mais intransigente defensor da "limpeza de sangue", como dizia. Não concordava que os portugueses de origem, especialmente os que desempenhavam altas funções administrativas, se casassem com mulheres pretas, ou índias, ou mulatas ou cafusas, judias ou ciganas. Até mesmo as brancas para se casarem com portugueses das condições especificadas deviam apresentar título de nobreza ou fidalguia ou de ter considerável fortuna. Caso se desrespeitassem essas normas de intolerância, passava o transgressor a sofrer impiedosa perseguição e as mais ostensivas pressões. É bem verdade que o rei, por suas leis e determinações, não apoiava semelhante discriminação, mas seus representantes não tinham como coartá-la. O resultado era o que se via: os reinóis, sobretudo os altos dignitários da Coroa, no impedimento de se casarem, amigavam-se com mulheres especialmente entre as proibidas e com elas viviam em escândalo e numerosa prole que não podia ser legitimada e que, via de regra, não herdava a fortuna paterna, a qual se perdia em múltiplos descaminhos, dissimulações e fraudes. O próprio Algodres tinha mais de cinco mulheres que atendiam a todas as especificações do rol de impedimentos matrimoniais e com elas criava uma quase vintena de filhos ilegítimos.

Assim, pois, quando no meio da tarde a porta da sala do dossel se abriu, por ela viu D. Francisco de Mascarenhas entrar o famoso Afonso Henriques de Algodres, grão-mestre da Irmandade do Bom Jesus dos Passos da matriz de Senhora Santana da Vila Boa de Goiás, a menos numerosa, porém a mais rica e mais poderosa confraria de Goiás, cujo consistório ficava na ampla sacristia esquerda dessa matriz.

Era um homem pequeno, magríssimo, de fino e recurvado nariz, testa fugidia, cabelos muito finos e ralos num crânio cheio de manchas arroxeadas, homem que vivia pelos tristíssimos olhos de um rebrilhar de febre. Vestia um casacão de rodaque, calções, e grossas botas de cordovão trançado, com solado de madeira, como os tarocos minhotos; trazia espadim à cinta e na mão um chapéu com plumas. D. Francisco de Assis Mascarenhas percebeu que sua vestimenta seguia moda antiquada como somente se via nas recuadas aldeias portuguesas.

Falando baixo e sempre assaltado por muita tosse, que o levava a assoar-se abundantemente, abordou o assunto que o trazia ali. Como acontecia com todos os altos funcionários e dignitários portugueses de boa cepa ali estava o humilde servo de sua majestade a rainha viúva para convidar um rebento da Casa de Bragança, que era o Governador Francisco de Assis Mascarenhas, para se inscrever, na qualidade de Irmão Maior, na gloriosa Irmandade do Bom Jesus dos Passos da matriz de Santana de Vila Boa de Goiás.

O governador não era lá muito chegado à igreja, influenciado que fora dos ensinamentos de Verney e da reforma pombalina de Coimbra; contudo os tempos e os lugares eram outros. Estavam na "viradeira" da rainha e como descendente de um ramo da família reinante portuguesa, só tinha que se pôr contra as doutrinas anarquistas e plebéias sopradas de França, como faziam seu pai e o ministro de el-rei, parente de sua mãe, o Marquês de Ponte de Lima. Também ele D. Francisco, embora reconhecendo certos direitos inalienáveis da plebe, dos escravos, dos indígenas, mulatos e dos naturais das colônias, entendia que a sobrevivência do Império português tinha que apoiar-se na Igreja católica, na nobreza de sangue e na velha cultura da terra. (E não esquecer as instruções de Gomes Freire: "Amparar o pobre é obrigação dos governadores; mas adverti que nas minas há destes muitos trapaceiros, insolentes e petulantes..."). Por isso, foi com a maior emoção que abraçou aquele feixe d'ossos e catarro que era o velhíssimo Algodres, a cujo convite acedeu com palavras e gestos da maior efusividade. Sempre falando baixo e tossindo e assoando-se e tomando rapé, depois de referir-se a Vasco de Lencastre, o 1º Conde de Óbidos, Vice-Rei da Índia, e censurar a Manuel de Mascarenhas, irmão de D. Francisco, soldado a serviço de Napoleão, o velho beirão rebuscou pelos bolsos de seu robissão cor de rapé, pra de lá sacar um papel manuscrito, muito fuxicado e dilacerado, o qual com esforço, mas sem ajuda de qualquer óculo ou vidro de aumento, passou a ler. Era um dispositivo do capítulo XI da referida Irmandade e determinava: "Os irmãos que se receberem hão de ser sem nenhum escrúpulo limpos de geração, ou seja, nobres oficiais e assim de não terem uns e outros raça de judeu, ou de mouro, ou mulato, ou de novo convertido de alguma infecta nação, sejam também livres de infâmia ou por sentença, ou pela opinião comum, e o mesmo se entenderá das mulheres."

Após ler cuidadosamente todo o artigo, o sr. Algodres ponderou que apressava em lhe trazer aquela notícia para atalhar mal maior. Conforme era uso, mesmo que viesse, posteriormente ao ato de ingresso na confraria, a casar-se ao arrepio daqueles preceitos, ficava sujeito igualmente à pena de expulsão. A seguir justificou a alta sabedoria de todas as normas e a necessidade de defender a pureza da raça contra a indecência da formação de proles legítimas de mestiços. Daí prosseguiu na sua ladainha para mostrar o seu horror às idéias francesas e a necessidade de impedi-las de entrar no Brasil e causar os danos que já causaram nas Minas Gerais, com o tresloucado comportamento do Tiradentes e outros infames traidores, seguidos depois na Bahia pelos excomungados que formaram a chamada Revolução dos Alfaiates. Fungando e tossindo, chegou a Napoleão Bonaparte, o anjo do mal, o chefe dos mações do mundo inteiro, a quem os ingleses deveriam dar já-já o castigo merecido, com a ajuda do Pai Todo-Poderoso. E persignou-se. O governador estranhava. Então onde ficavam as imposições pombalinas de casamento entre nobre e plebeus! Entretanto era prudente calar! Por aí foi-se levantando, tossindo, assoando-se, tomando novas pitadas de rapé, apertando a mão do governador, que o acompanhou um tanto comovido pela presença daquele esqueleto ambulante e falante, que mesmo por tantos anos longe da sua querida Beira continuava com ela constantemente na cabeça e no coração, atento às glórias e às desventuras da pátria. Mas cumpria ter presentes os preceitos firmados por Gomes Freire de Andrade, com vistas à rotina diária de trabalho. Ah, os pérfidos!

A seguir entrou o ajudante-de-ordens para informar que o Sr. Brás Martinho iniciara a limpeza do terreno e que estava obtendo dos donos de escravos que os cedessem por alguns dias a fim de trabalharem na construção do Pavilhão de Diversões.

"Foi um dia proveitoso" — dizia para si mesmo o governador, encerrando o expediente e dirigindo-se para o interior do velho Palácio dos Arcos, construção rústica e pobre que lhe pareceu tão detestável quando chegou, mas que começava a se afigurar não de todo destituída de encantos, depois da conversa do encatarrado Algodres. De qualquer maneira, naquelas janelas, portas, na caliça das paredes, nas cadeiras e mesas, no tosco jardinzinho, nas escassas cortinas sempre se notava a marca do querido e heróico Portugal, esse Portugal que se espalhava por tão dilatadas terras da América, da África e da Ásia. Ali respirava-se Óbidos ou Sabugal ou Lisboa, ali em plena selva do centro da América, num pequeno trecho do velho Portugal ali plantado como ilha na imensidão do deserto que galopava solto para todos os lados, distante da costa trezentas léguas... E embalado nesse sonho de falsa grandeza despertado pelo delírio do tuberculoso Algodres, dirigiu-se para a chamada sala de banhos, isto é, um quarto escuro, mal ventilado, colocado ao lado do refeitório, todo forrado de pedras grosseiras no solo e até um côvado de altura na parede, com grandes calhas ao centro da sala para escoamento das águas servidas que eram drenadas para a rua que ficava entre o palácio e a matriz. Nesse quarto havia seis ou oito bacias e bacios de diversos tamanhos, todos de cobre, os quais serviam para o banho do governador, ou para as dejeções das necessidades fisiológicas, que nelas se depositavam para depois serem atiradas ao rio.

Em Vila Boa o hábito era ou pela manhã ou pela tarde irem os homens diariamente ao banho nos três rios ali existentes — rio Vermelho, Bacalhau e Bagagem, onde se reuniam em grande número à beira de algum poço mais avantajado, todos completamente nus e trocando entre si notícias e informações. Naquele ponto, despidos, despiam-se igualmente as etiquetas e os títulos, nivelando-se por algum tempo brancos e pretos, escravos e senhores, velhos e moços. Somente as pessoas muito velhas e as que ocupavam as mais altas funções administrativas, militares, religiosas ou os ricaços, somente esses ficavam fora do retorno à igualdade primeva através do ritual da nudez à beira do rio. Ao governador a nudez coletiva era defesa.

"As senhoras raras vezes aparecem a pessoas desconhecidas; vão quase todas à missa muito de madrugada; fazem as suas visitas de noite, mas na semana santa, e no dia de Passos, apresentam-se com a mais pomposa decência que se pode considerar". [Corografia histórica da Província de Goiás. R.J. DA CUNHA MATTOS, 1824].

Naquela tarde, havendo ido até o morro de São Gonçalo, o governador queria um banho mais farto e de maior largueza, como pediu ao Sr. Penha, que transmitiu a ordem ao mordomo e este por sua vez aos escravos encarregados de semelhantes obrigações. Num minuto o governador foi ao dormitório, pôs uma roupa adequada e veio para o banho, em cuja sala encontrou uma pretinha, escrava e filha de escrava da cozinha, que enchia de água a bacia maior. D. Francisco ficou na casa de banhos esperando que a mocinha arrumasse as coisas. Ela esfregou o chão, esfregou as paredes, pondo-se para isso ora de joelhos, ora agachada, ora de quatro pés, vestida que estava com um camisolão grosseiro sobre o corpo adolescente, que lhe desnudava as coxas, os braços, o colo, ressaltando os seios jovens, sublinhando os quadris e as nádegas polpudas. Parecia uma dança, um bailado sensual — pensava o conde, que fazia cogitações. Que idade teria esse bichinho? Sim. Esse o nome verdadeiro — bichinho. E como não estivesse muito familiarizado com negras, a jovem assemelhava-se mais a um bichinho do que a uma pessoa humana, na sua tez escura mas não de todo negra, com suas formas adolescentes que antes se adivinhavam sob as vestes grossas mas escassas. Via-se que era um pano encorpado sobre a pele, cuja exigüidade mais mostrava que escondia coxas bem feitas, os sovacos e os ombros até parte dos peitos miudinhos, bem durinhos, bom de chupar, se não fossem pretos, mas que não eram tão pretos assim e a negritude naquelas partes parece que criava tons de mistério e de encanto. Jamais vira um corpo negro nu ou tão despido quanto aquele ainda tão jovem.

Nesse momento, como uma deidade das águas, a pretinha entornava grandes baldes d'água cristalina na ampla bacia de cobre que reluzia ouros, ora se inclinava para tomar os baldes, caminhava ereta feito uma estátua, despejava o líquido na bacia, dobrava o corpo e quase deixava entrever absconsas intimidades, protuberâncias e côncavos que acendiam os olhos e as glândulas do jovem governador faminto, na busca de uma curva que vindo das nádegas se arqueava na cintura, subia pelo torso bem feito, continuava no longo e fino pescoço de gazela encimado da cabeça de um feitio especial, em que os cabelos duros e encaracolados davam um toque de estátua de bronze ou do mesmo cobre velho das bacias e baldes.

A menina mexia para lá e para cá e se metamorfoseava e se aformoseava ora em bichinho cheio de encantos, depois numa estátua de bronze, depois numa estranha flor de grandes pétalas magras — braços e pernas — os olhos rasgados e brancos de tragédia, os beiços grossos e quentes, no semblante uma cândida expressão de espanto ou de perplexidade diante do mundo, desse mundo talvez hostil para eles africanos, africanos tão estranhos para os brancos que eram os donos do mundo, dos pretos, do ouro e do cobre, da água e de parte dos deuses e magos.

— Pronto — disse a negrinha ali parada perto da bacia cheia de água transparente e buliçosa. Será que esperava para qualquer outra providência? E o governador embalado pelos acontecimentos do dia, o contato da mão no alto do morro de São Gonçalo, a patética visita do esqueleto falante agitando bandeiras e troféus apodrecidos de velhas glórias que lhe trouxeram a visão da pátria distante, a carne jovem e viúva de carinhos feminis havia tantos meses, a tarde quente e translúcida, o tosco palácio escondendo nas sugestões traços vivos da terra distante... O jovem governador deixou que a pretinha lhe tirasse a bata com que se vestia e assim nu, num momento quase de êxtase, tomou-a nos braços, sentiu contra suas carnes as carnes não escondidas pelo vestido grosseiro da escrava. Ambos rolaram pelo lajedo tépido, ela com seus líquidos olhos de estupefação e fatalismo iluminando a escureza do quarto, ele com o coração batendo como se fosse o tantã de algum ritual africano. Gemidos, frases entrecortadas, a boca branca como que cheia dos grossos e roxos lábios ou dos pequenos e tesos peitos de um arroxeado de fruto tropical, o mundo se apagando por um momento, embora o cetro reteso debalde lutasse por refugiar-se na proteção mortal da bainha-mãe.

Mas como num sonho, apagou-se tudo e as carnes famintas do jovem nobre mergulhavam nas águas cálidas da bacia de cobre rutilante de ouro, enquanto na sala de banhos restou apenas aquele cheiro quase animal que pretos suados ou excitados costumam desprender de sua pele e que o governador aprendeu a sentir justamente naquela tarde. E ficou no peito do jovem uma doce angústia, uma amena frustração de festa terminando em meio, uma como fome pertinaz, apetite aguçado por um pitéu cujo odor o governador buscava pela casa inteira, sem definir com justeza o que era.

Tanto apetite sexual embaciou o apetite gástrico e foi com enfaro que tomou o jantar, assistido pela fidelidade feudal do velho Penha que contava antigas histórias de que o governador mal se lembrava, passadas em Óbidos e Selir, ao tempo de mouros e cristãos disputando a terra.

Nessa tarde não passeou nem a pé, nem a cavalo. Ficou vadiando de uma para outra sala, vendo uma ou outra pessoa que vinha para a matriz. Como notara antes, as coisas não eram tão desagradáveis como lhe pareceram ao chegar. Agora observava a mobília da sala que exibia encantos e acentuadas lembranças dos belos móveis lisboetas. Via-se que eram trastes feitos em Vila Boa, rústicos e mal trabalhados, que reuniam traços do estilo D. João V, D. José e D. Maria I, com predominância de linhas curvas, numa sobreposição de formas do século XVII e XVIII, tudo porém artisticamente combinado.

Na sala estava uma dúzia de cadeiras e poltronas ladeando um pesado canapé; nas paredes laterais distribuíam-se trípodes e consolas. Atrás do canapé, encostada à parede pintada com festões e medalhões, ficava uma delicada mesa de finas pernas em curvas, saia de madeira entalhada em renda, sustentando um crucifixo e dois castiçais de prata lavrada.

Voltando a atenção para o largo, viu mulheres pretas, brancas e foscas, enfeitadas de rendas, babados, adereços de ouro, que cruzavam da matriz para a igreja da Boa Morte e da Boa Morte para a matriz, insistindo em chamar a atenção do pessoal do palácio, em cujo meio esperavam encontrar novos e mais lucrativos amores. Perdia-se entre os vultos femininos e o vôo de alguma andorinha na tarde morrente, vendo a primeira estrela que surgia com os primeiros candeeiros e velas acesas no palácio. Mas a figura de Algodres sempre lhe voltava à imaginação. Que homem estranho e que estranhas idéias! Que absurdo essa preocupação com limpezas de sangue, com preservação de nobreza depois das reformas e dos casamentos políticos impostos pelo Marquês de Pombal! O grande ministro, que Algodres teimava em chamar Sr. Sebastião José, costumava obrigar a que se casassem os representantes e descendentes das casas de primeira nobreza com plebeus e pessoas portadoras de sangue impuro. Desde então não houve uma só família portuguesa, por mais ilustre que fosse em sua nobreza genealógica, que pudesse dizer-se isenta da mescla do chamado sangue impuro. Que loucura a das irmandades do Brasil!

CAPÍTULO VIII

"Os governadores seguintes — com duas ou três exceções — continuaram repartindo patentes de oficiais, extraordinariamente cobiçadas na época pelo título e vantagem que conferiam, e, não em menor grau, pelo privilégio honorífico do uso de bengalas." [*Goiás — 1722 / 1822*. LUIZ PALACIM, p. 122].

PASSARA-SE a semana santa. E bem que foram animadíssimas as solenidades, talvez com uma concorrência maior de povo para ver o novo capitão-general e seus acompanhantes. Nos primeiros dias de março, atendendo a ordens anteriores e mesmo sem esperar o resultado final da devassa que prosseguia, os dois ex-governadores deixaram a Vila, seguindo para o Rio de Janeiro, de onde deveriam ir para a Corte. Até no momento final, os dois briguentos se contenderam. Tristão da Cunha fez anunciar a sua partida no dia 3 de março, mas logo o primo João Manoel de Meneses protestou alegando que esse fora o dia escolhido por ele João Manoel e que o Sr. Tristão escolhesse outra data. A isso respondeu o Sr. Tristão que na qualidade de ex-chefe da esquadra da real armada portuguesa cabia-lhe o direito de primazia na saída da Vila, ainda mais porque já se lhe havia dado residência, isto é, consideradas boas as contas de seu governo, além de haver chegado à capitania antes que seu desafeto. De lá retrucou o outro que há muito devia o Sr. Tristão ter-se retirado dali e que no momento escolhia esse dia com o exclusivo intuito de perturbar a retirada dele, João Manoel. Com isso, repartiu-se a Vila em comentários e intrigas, cada partido tomando a defesa de seu chefe.

Ante o impasse, por determinação do Governador Francisco de Assis Mascarenhas ambos os ex-governadores foram forçados a deixar a Vila no mesmo dia 3 de março, às mesmas horas, que foram as 12 horas em ponto.

Mais uma vez o jovem conde seguia à risca as recomendações do astuto Gomes Freire. Cumpria não esquecer que "a segurança das minas é o castigo das insolências". E atrás dos governadores seguiriam aqueles trêfegos camaristas que ousaram tentar a deposição do capitão-general. Que aguardassem!

Desse modo, com o sol a pino, pelas ruas apinhadas de gente e sob os aplausos e apupos de centenas de vadios, mulatos e pretos forros, desfilaram ambas as comitivas constituídas dos ex-governadores e seus auxiliares, escravos e empregados, levando um deles a amásia com os filhos. Diziam as más-línguas que ao pernoitarem no povoado do Ferreiro, distante de Vila Boa uma légua, já estavam reconciliados e tão amigos como se nunca houvessem antes tido qualquer desavença.

Com a ausência dos brigões que encheram de terror, prisões, demissões, deportações, espancamentos, mortes, intrigas e calúnias a vida da Vila por meia dezena de anos, eis que agora tudo caía numa pacatez tão grande que até fazia o povinho sentir falta deles, caso ainda não prosseguissem as devassas de el-rei contra outras pessoas implicadas naqueles acontecimentos e em outros erros que se descobriram no revolver do caldo. Em seguida, as celebrações da semana santa passaram a ocupar aquela gente tão sem ter o com que ocupar-se: os altares nus, os sinos emudecidos e trocados pela matraca sinistramente agoureira, preces e imprecações, o povo triste e compungido como se a cidade inteira houvesse morrido. Na calada da noite, os misereres e jaculatórias dos Irmãos das Almas arrastando pelos becos e esquinas os longos lençóis brancos pendentes da alta cruz dos sambenitos, prática preferida dos milhares de vadios e mulatos.

No começo, o que se dizia era que o novel capitão-general era um herege dos mais ferozes, adepto dos franceses e dos franco-maçons, da mesma laia de D. Luís da Cunha ou de seu irmão Tristão, ambos inimigos da religião e dos padres. O primeiro proibiu o vigário Noronha de botar os pés no palácio pela rixa decorrente do aumento do trajeto da procissão de São Benedito, e o segundo desaveio com o vigário da vara José Manoel Coelho, de que resultaram sérios dissabores para esse padre. Depois, no governo de Minas, D. Luís da Cunha Meneses destrata em público o bispo de

Mariana, quando ao recebê-lo na sua sege, coloca-o da parte da boléia. Era isso uma clamorosa falta de respeito para com o prelado. Em breve, entretanto, a prevenção se desfez, quando a farda vermelha do governador foi vista nos exercícios de trevas, nas procissões do fogaréu e de encontro, na adoração da cruz e na guarda do Santíssimo Sacramento, no dia de Endoenças, e por fim na concorridíssima procissão de Senhor Morto e na procissão da Ressurreição, no domingo de Aleluia. Agora se sabia que D. Francisco de Mascarenhas era bom rezador. Dom Roque Moreira, responsável pela prelazia sempre vaga e que vaga continuaria enquanto o rei de Portugal teimasse em nomear para Goiás sacerdotes brasileiros e não portugueses; D. Roque Moreira exultava: — Felizmente que Deus se apiedou de seu castigado rebanho! Felizmente que em Goiás já não estão os estrangeiros hereges! Felizmente Deus iluminou o espírito de D. Maria, restabelecendo a fé que orientou Aljubarrota e as grandes navegações. Deus seja louvado!

   Mas de tudo, o que ficou profundamente gravado no coração do capitão-general foi uma cena das mais triviais e talvez a mais rotineira de quantas acontecem no seio da humanidade. Após tantas festividades e após tantas referências acabrunhadoras ao sofrimento de Nosso Senhor Jesus Cristo, filho unigênito de Deus Todo-Poderoso, no afã de salvar o homem do pecado e da perdição eterna, eis que chega o sábado de Aleluia, carne-no-prato, farinha-na-cuia, explode a alegria, sinos bimbalham, rojões estrondeiam, dança e grita o povo lavado de algumas culpas. Foi nesse sábado, ao cair da noite, o pessoal em frente ao palácio na maior agitação para ver a queima de um judas que, segundo alguns, tinha a cara do velho Tristão da Cunha Meneses e o corpo comprido e espigado do primo João Manoel de Meneses. Para assistir à festança que era coisa da gentalha miúda, D. Aleixa convidou a afilhada, pois ali da janela do palácio era o mesmo que estar no centro da festa, sem os incômodos suscitados pelo poviléu. Com outros convidados, permaneceriam assentados nas conversadeiras de uma das janelas de frente para o Terreiro do Paço, onde acontecia a funçanata, na linguagem do Sr. Penha. E lá vem obra, que naquele ano o judas era alentado e antes de ser queimado houve fogos de artifício, rodinhas, uma pomba de fogo saiu lá dos lados da igreja da Lapa, subiu pela Rua Direita do Negócio e veio botar fogo no judas em sua forca em frente da porta principal do palácio, o qual judas se arrebentou em dezenas de pedaços que o povo armado de porrete malhou com o maior entusiasmo. Pouco antes desse ponto culminante, enquanto os foguetes de lágrimas clareavam a noite, à janela em que estava Ângela, chegou o sr. governador quase à sorrelfa, presença (programadamente insólita) que levou D. Aleixa a se afastar e ceder ao potentado o lugar ao lado de Ângela, de quem respeitosamente os circunstantes igualmente se afastaram, preocupados em assistir aos lances do espetáculo de fogos. O que ambos conversavam ninguém ouvia nem queria prestar atenção, que os fogos eram uma maravilha e jamais se vira coisa semelhante, nem semelhantemente se ouvira o vibrar das caixas, tambores, triângulos e zabumbas, numa execução como de há muito não acontecia em Vila Boa. Por isso, ninguém ou quase ninguém notou o governador encostar os lábios no rosto da moça; ninguém ou quase ninguém igualmente quis tirar os olhos do judas incendiado e observar que a moça nem teve forças para afastar um gesto repleto de tanta delicadeza e que, pelo contrário, também com seus doces lábios procurou ansiosamente a boca do jovem capitão-general.

A cena durou o que durara a explosão de um rojão no céu de Vila Boa, mas seu fulgor continuaria iluminando e deslumbrando pela eternidade as carnes daquele par jovem e ardente.

Era isso que ele pensava naquele fim de tarde de após semana santa. Mais uma vez, apesar das exigências do fiel Penha, D. Francisco de Assis não cumpria a rotina diária. Naquele dia, após o jantar, não iria dar o passeio a cavalo. Ia ficar em casa. "Por quê?" — interrogava-se o fiel Penha, impossibilitado de saber ao certo as verdadeiras razões pelas quais o amo não praticaria o exercício de equitação, tão necessário na recomendação do sabido Gomes Freire, especialmente a um jovem que leva uma vida algo sedentária. Nisso, ouvem-se vozes para os lados do refeitório e o capitão-general reconhece — é a voz de Ângela, que prometera vir vê-lo sob desculpa de visitar a madrinha. Daí a pouco D. Aleixa vem convidar o governador para comer uns pedacinhos de doce com a menina Ângela, que tem a seu lado a irmã mais nova.

O palácio estava cheio de gente: o velho Penha sempre resmungão, outro septuagenário com um pé-de-chinelo que era o Capitão Miguel de Arruda e Sá, aposentado, herói da pacificação e catequese dos índios xavantes, ao tempo do governador Tristão da Cunha, quando também teve papel importante o Capitão José Pinto da Fonseca, hoje achacado de reumatismo e sempre inchado pela reima deixada pelas muitas maleitas de que fora vítima, que igualmente ali estava rememorando os antigos e escabrosos tempos da indiada feroz, ora na saleta de espera, ora na sala vizinha do dossel.

Ainda bem que naquela tarde não vieram o Hiacinto e o Cônego Silva e Sousa ou o Capitão Marcelino José Manso. Para o capitão-general, Ângela estava linda, num vaporoso vestido de melcochado, com abertura ao nível do cotovelo, deixando em liberdade os braços, enfeitados de pulseiras de ouro e pedras. Ao pescoço trazia trancelim de ouro de várias voltas, donde pende não apenas um pequeno crucifixo, mas um esgaravatador de ouro que pertenceu à avó; nas mãos refulgem diversos anéis, alguns de prata, outros de ouro, todos ornados de pedras semipreciosas de variegadas cores. Completa a indumentária, uma capinha de pano de prata, bandada de cetim lavrado.

Já se acendiam as velas e candeeiros, a noite vinha entrando pela casa, no momento em que o jovem convidou a moça para irem até a sala da frente do palácio, convite a que ela acedeu e ambos saíram para a larga varanda que acompanhava os cômodos da casa, naquela hora em suave penumbra. Chegados aí, nem um nem outro resiste, e ambos começam a se beijar. Numa inesperada deliberação, sem que Ângela percebesse, o governador mudou o rumo dos passos e quando a moça tomou tento de si estava no dormitório do governador. Ângela quis retornar à varanda, mas já o jovem lhe tomava os passos, fechava delicadamente a porta, e daí as palavras não tinham mais significado nem importância e raramente traduziam um pensamento consciente.

O leito ali estava e os jovens abraçados trocavam beijos que da boca da moça passaram para os ombros desnudados e daí para aquilo que na mulher há de mais belo — os seios, os túrgidos e róseos seios, diferentes dos pomos cor de figo da pretinha escrava. Mas Ângela resistia às investidas do jovem até que por fim num movimento cheio de graça, que o cavalheirismo do capitão achou de boa norma não tolher, ela abrigou-se no canto do quarto e entregou-se inteiramente às carícias do homem, às quais retribuía com ardor, sem deixar sem defesa a antiga cidadela, a última que se arrebata na guerra do amor, mas a primeira a ser objetivada desde o furtivo olhar.

Só quando Ângela ouviu que chamavam por seu nome é que dominou o fogo que lhe incendiava os sentidos e obrigou o jovem a conter-se. É que a irmãzinha começara a afligir-se supondo que Ângela a esquecera ali. Aí, como chegou, depois de compor-se, e desafogueado o rosto, tranqüilizou a irmã e retornou à companhia da madrinha que, pelo olhar, demonstrou entender o motivo da ausência de Ângela, e foi a primeira a informar os circunstantes que a afilhada estivera no quarto de dormir dela Aleixa, repousando um pouco do calor da tarde. O governador apareceu em seguida, quando Ângela e a irmã já haviam ido para casa. Na sala estava o Capitão-Mor Manso que contava ao fiel Penha as astúcias que tivera de praticar, a fim de contornar a famosa rebelião camarista contra o então governador D. João Manoel de Meneses, que era muito menos mau do que o seu primo e antagonista Tristão da Cunha Meneses, esse sim um cabra endiabrado.

Aí é que apareceu o Hiacinto, sempre trêfego, bem-posto na roupa de talhe sóbrio, o que levou o capitão-general a dizer: — Hiacinto, meu caro, és o único a lembrar nesta terra que no mundo existe a moda. Estás sempre de acordo com novos figurinos.

Prontamente respondeu o escriturário: — É que não reparas no meu Antinoo.

O jovem governador por um instante ficou sem entender, inclusive esse esquisito nome terminado por dois "oo". Que seria aquilo? Num gesto meio lânguido e um sorriso quase de escárnio, Hiacinto acrescentou: — Pobre Portugal! Em Coimbra já não se conhece a história dos imperadores romanos, muito especialmente do grande Adriano! — e, prosseguindo: — Venha até a janela, venha ver o meu Antinoo.

Francisco Mascarenhas, o nobre estudante que abandonara o curso de Coimbra e que talvez nunca houvesse ouvido falar de Antinoo, aproximou-se da janela e viu em frente uma cadeirinha descansada no lajedo do largo, com dois escravos sentados no chão entre os varais; e de lado a bela figura de um moço, vestido apenas com uma escassa tanga dourada, cujas formas perfeitas lembravam uma estátua clássica feita de bronze — era o Antinoo do escrivão Hiacinto; antes, era o "súcubo elafiano", como diziam que o chamava o Cônego Silva e Sousa, entre irônico e erudito cultor da arcádia grega.

Disfarçando um riso, sem comentar o que via, o governador sugeriu ao Hiacinto que dispensasse o Antinoo e ficasse para um cavaco.

— Ótimo — disse o escriturário — que tenho novas de teu Portugal, novas mais novas do que as que nos trouxeste. — E a seguir, apontando maliciosamente as mulheres desfilando em frente ao palácio, ponderou que o conde estava já modificando os costumes da terra: — Aqui as mulheres só saem durante a noite e vão à missa de madrugada. Mas agora, eis aí. Já saem pelas ave-marias. É um progresso, sem dúvida.

Entretanto o conde fez de conta que não entendia a malícia do escriturário, preferindo não dar muita asa ao maroto. No íntimo, tentava lembrar como eram as palavras das instruções escritas por Gomes Freire. Como dizia mesmo o finório? "À noite, se os ministros ou pessoas principais concorrerem, deveis com gravidade entreter-lhes a conversação" — sim, entreter-lhes a conversação. Ah! continuando: "Mas não deve a conversação ser tão grave que não admita o sal das galanterias", ora, deixa pra lá!, que sempre tivera má memória.

CAPÍTULO IX

"Os olhos negros e brilhantes das mulheres de Goiás traem as paixões que as dominam, mas seus traços não têm nenhuma delicadeza, seus gestos são desgraciosos e sua voz não tem doçura. Como não receberam educação, sua conversa é inteiramente desprovida de encanto. São inibidas e estúpidas, e se acham reduzidas praticamente ao papel de fêmeas para os homens." [*Viagem à Província de Goiás*. A. DE SAINT-HILAIRE, 1819.]

NUMA DAQUELAS NOITES, depois que todos saíram e as luzes se apagaram, o jovem capitão não conseguia conciliar o sono, a imaginação excitada pela ausência de Ângela. Já era tarde quando resolveu levantar-se e caminhar pela casa, alumiada mal e mal por sonolentos candeeiros de azeite.

De longe vinha o bater de tambores e se ouvia o canto monótono e sensual de um lundu cheio de animação. Era a mesma cantoria daquela primeira noite que passou na cidade.

Num banco, no refeitório, cochilava o ajudante de cozinha, mulato vivo e velhaco que andava sempre a oferecer favores ao governador. Ao ver o nobre, ergueu-se respeitoso: — Meu senhor, que que tá acontecendo? Acordado ainda?

O governador quis saber que cantoria era aquela, onde era, que é que cantavam. Sempre gentil, o moço explicou que aquilo era a função dos vadios. Devia ser na casa do mestre Mateus, o ferreiro da beira do rio. O que cantavam era o lundu do marruá: — O sr. governador ainda há de ver.

O governador enrolava prosa e pediu um pouco d'água para beber, que o moço atendeu logo num instante. Mas ao entregar o copo ao governador, seu riso era de cumplicidade e foi num tom macio de quem falasse com o além, que ele proferiu: — Ai, ai! Moço, na flor dos anos, sem mulher nem namorada... Como dói, não é, meu governador?

— É verdade — disse o nobre entre dois goles d'água, procurando afastar a intimidade, a confiança com que o serviçal se insinuava. Mas o empregado prosseguiu: — Meu nobre, volte para seu quarto e daqui a pouco o senhor terá uma companhia.

Sempre sisudo e como que superior às sugestões do criado, o conde tomou o caminho do dormitório, sem que não ouvisse uma indagação, no tom mais subserviente que seria possível: — Na cama, o senhor conde enxerga cor? — D. Francisco num átimo entendeu. O finório queria saber se o conde aceitaria uma preta. Por isso, no mesmo tom de elevada altivez, respondeu prontamente: — Não. Na cama só enxergo se é homem ou se é mulher...

Mal se passara talvez um quarto de hora, o governador ouviu que lhe batiam mansamente na porta. Sem perguntar, abriu e quem entrou foi uma pessoa embuçada numa capa. Na sombra, por trás de quem entrou, havia um vulto que ponderou: — Nunca se esqueça de perguntar quem bate na sua porta, senhor conde. Olhe lá! A D. Francisco não pareceu estranha essa voz, mas estava muito curioso em descobrir quem entrara tão completamente embuçado. Assim, fechada a porta, o governador delicadamente retirou a longa capa em que se embuçava o visitante, cujas vestes causaram admiração pelo luxo. Num gesto rápido, o jovem viu que a visita retirava as luvas pretas e delas saíam duas mãos alvas e delicadas que não lhe eram estranhas. Aí D. Francisco olhou atentamente e reconheceu os traços fisionômicos de quem lhe era muito familiar, embora as feições se escondessem debaixo de uma grossa tintura preta.

— Ora, veja só! Era Ângela que ali estava na sua frente, o rosto besuntado de azeite e carvão para disfarçar-se em escrava. Sem receio de sujar-se com a tinta, o jovem abraçou e passou a beijar impetuosamente Ângela, que procurava, entre risos, detê-lo para antes lavar o rosto e livrar-se dos disfarces. Para isso ali estavam a bacia e o jarro de prata, de cuja água ela se valeu.

O quarto de dormir do jovem governador era amplo e, apesar de iluminado fracamente, o olho feminino viu muita coisa. Nele se via um leito de jacarandá, com sua grade, onde se estendia a colcha de sobrecama de chamalote e ramagens de flores de ouro, forrada de tafetá amarelo tostado, a que servia de remate a franja de ouro fino. Protegem-no uma cortina de tafetá azul, com seu sobrecéu guarnecido de franjas de retrós vermelho e amarelo. Adiante, o espelho médio de duas portas, o cofrezinho chapeado de ferro, duas arcas que serviam de guarda-roupa, certamente. Do lado havia o que se chama catre-de-mão, completamente estendido, que servia para receber alguma companhia. Noutro canto havia um oratório com Santo Antônio de Lisboa, tudo iluminado discretamente por lamparina de azeite e um castiçal grande de latão, cuja vela era defendida por manga de vidro entalhado.

Logo que a porta se fechou, os dois jovens apertaram-se em abraços e as bocas se colaram em beijo, deixando-se cair sobre a maior das camas. Ângela porém começou a falar, detendo delicadamente a ânsia amorosa de seu vigoroso companheiro. Ele se continha a custo e de olhos derramados em sua beldade parecia beber-lhe a beleza e as palavras. A moça contava de sua ansiedade e de seus temores em enfrentar aquele encontro, por semelhante forma. O natural seria que ele Francisco fosse vê-la em casa, mas como ele nunca tinha tempo ou o perigo de ser identificado era maior para ele, ei-la que ali estava confiante no cavalheirismo do governador. Na verdade não fora fácil à menina tomar aquela resolução, com que, tinha certeza, os pais e o irmão não concordavam. Bem eles sabiam do namoro e por alto havia a mãe comentado com ela que o governador, deveras, era um ótimo corte de noivo, mas que difícil seria acreditar que ele quisesse casar. Todos os capitães-generais tinham tido romances com mulheres importantes e desimportantes de Vila Boa, mas nunca quiseram casar e voltaram para a costa deixando ali a ex-amante e os filhos naturais, em geral, na penúria.

Ângela, embora desenvolta e bem pouco ingênua para as moças de seu nível e idade, não fazia uma idéia clara de tudo. Casaria? Não casaria? Que importância havia no casamento numa terra de amigados! Ou por outra, que valeria o casamento numa terra em que os maridos possuíam dezenas de amantes de portas adentro e portas afora, com filhos naturais e legítimos misturados! O que sabia é que estava apaixonada pelo jovem nobre português e que via naquela aventura uma maneira de derrotar todas as mulheres de Goiás, todas as quais viam uma oportunidade como esta que se apresentou a Ângela como a suprema felicidade terrena. Podiam depois ser abandonadas, podiam ficar na miséria, podiam ficar cheias de filhos naturais, mas jamais se apagaria da memória do povo a preferência que lhe coube nos amores governamentais. Demais era uma ocasião para mostrar ao Alferes Jardim que não era ele o único partido, o único homem de Vila Boa. Podia mostrar-lhe que ela também merecia as atenções — e que atenções! — do homem mais importante da terra, de um nobre recém-chegado do reino! Isso seria uma lição para o orgulhoso do Alferes não tratá-la como a vinha tratando, não lhe atendendo ao recado para comparecer à recepção ou pelo bilhete que lhe escrevera que viesse falar com ela. O primeiro pedido que lhe fazia e o primeiro bilhete dirigido a um homem, saído de seu punho!

Desde o dia em que o conde chegara a Goiás, o desassossego se instalou no coração de Ângela e tudo foi acontecendo de maneira inexorável e mais ou menos à revelia de seu querer. Enfim, que quereria D. Francisco conversar com ela assim tão em segredo, pedindo sempre para estarem sozinhos? Ela sabia que os homens geralmente não se contêm perante uma mulher bela, jovem e desprotegida. O encontro a sós com o governador aparentava um desafio! Ângela sabia que se o amor é muito doce, as conseqüências nem sempre o são. Também entendia que tudo ficava na dependência da vontade de cada mulher e ela tinha certeza de que saberia resistir às investidas do nobre português. Sua ida a palácio a tais horas era uma prova da confiança que depositava em si mesma.

— Sentinela, alerta! — gritavam fora, e os passos reboavam no silêncio, retumbando na solidão do mundo.

E assim, entre palavras, suspiros, promessas, sonhos, abraços, beijos, o tempo foi-se escoando desapercebidamente encoberto por mais conversas, pequenas brincadeiras atrevidas e doces bolinações; por mais de uma vez o jovem sentiu que a virgem cederia, que o corpo todo era uma chama e que bastava um sopro para que o amor se realizasse integralmente. E por mais de uma vez ela quase sucumbiu à tentação. Contudo, ela resistiu e ele não insistiu.

Quase madrugada é que Ângela resolveu voltar a casa. Dom Francisco entretanto insistiu para que fosse de cadeirinha, para cuja condução chamou dois escravos e um homem de confiança, os quais deixaram a visitante (agora sem disfarces) no Beco das Águas Férreas. Em breve a janela se abriu e Ângela recolheu-se ao quarto. Longe a voz militar gritava: — Alerta!

Mas no palácio, junto à sentinela, D. Francisco nada ouviu. Fazia bem alguns meses que o capitão-general, investido nas altas funções de governador da capitania de Goiás, não via uma noite passar tão rapidamente, tão serenamente.

CAPÍTULO X

"Durante o dia só se vêem homens nas ruas da cidade de Goiás. Tão logo chega a noite, porém, mulheres de todas as raças saem de suas casas e se espalham por toda parte. Geralmente fazem o seu passeio em grupos, raramente acompanhadas de homens. Envolvem o corpo em amplas capas de lã, cobrindo a cabeça com um lenço ou um chapéu de feltro. Também nessas horas elas caminham umas atrás das outras, e antes se arrastam do que andam, sem moverem a cabeça, nem os braços, parecendo sombras deslizando no silêncio da noite. Algumas vão cuidar de seus negócios particulares, outras fazer visitas, mas a maioria sai à procura de aventuras amorosas." [*Viagem à Província de Goiás*. A. DE SAINT-HILAIRE, 1819].

O GOVERNADOR prometia a si mesmo não deixar de forma alguma que a rotina de vida e de trabalho viesse a ser perturbada, como até o momento havia acontecido. E para o cumprimento desse compromisso convocava a férrea força de vontade lusitana do fiel Penha, que deveria permanecer vigilante e severo.

— É que já não és nenhuma criança, meu amo e senhor!

Já era de alguns meses a permanência do governador em Vila Boa e ele se perguntava o que fizera até ali. Sim, não podia exigir muito, porque o estado em que encontrou a capitania era deveras desalentador. Bem ou mal, considerava que bastante coisa se fizera com a retirada dos dois ex-governadores, do Ouvidor Lis e de muita gente indesejável. De par com isso, a devassa para outras punições prosseguia.

Entre os comerciantes, fazendeiros e altos funcionários, isto é, entre as pessoas que elaboravam a opinião da Vila, o governador vinha subindo de conceito. Sua fama alcançava os goianos de nascimento e lhes agradava muito, especialmente no que tocava à navegação do Araguaia. Dom Francisco de Mascarenhas era de opinião que não se devia dar atenção apenas à mineração do ouro, a qual não é que estivesse esgotada, mas o metal se localizava em profundeza tal que somente custosas e dificultosas obras de engenharia poderiam trazê-lo à luz do sol. E para tais obras não havia nem dinheiro, nem tecnologia, nem pessoal habilitado. O ouro, porém, de Goiás existia em abundância. Por isso, até que obtivessem recursos para explorar o mineral, o que se devia era desenvolver a navegação dos rios que cortam Goiás tanto para o norte, como para o sul, de maneira especial o Araguaia, e por ele fazer escoar nossa incipiente produção agrícola e o nosso gado. Tais soluções enchiam de entusiasmo os goianos de nascimento que só sabiam chorar sobre as glórias passadas e lamentar que naquele tempo Goiás não tivesse o ouro de outrora, nem o fausto pelo ouro criado.

Só em parte o goiano tinha razão. O ouro aqui nunca fora tão abundante quanto em Minas Gerais, nem os goianos tinham conseguido reter para seu uso o suficiente para lhes dar um nível de vida faustoso e rico. Com as palavras encarreadas pela forma que o governador sabia encarrear, os goianos não se sentiam roubados na glória de possuir ouro, mesmo que fosse enterrado em profundezas inalcançáveis, nem ficavam sem louvor os seus rios que seriam navegados, muito especialmente o Araguaia. Dom Francisco assim acalentava os dois imorredouros sonhos do vila-boense: ouro e Araguaia.

Então, viva o governador!, que ao sair a cavalo, certa tarde, para examinar o andamento das obras do pavilhão que estava erigindo, viu-se de repente cercado de pessoas e aclamado com ardor e veemência jamais vistos na capitania (segundo a opinião de Algodres e de outros velhos moradores).

Naquela manhã, pois, o governador prosseguia na escrita de sua correspondência. Escreveu uma carta particular para que o pai entregasse pessoalmente ao Sr. Rodrigo de Sousa Coutinho, ferrenho partidário dos ingleses na Corte do príncipe regente, perante quem tinha decisiva influência, e amigo intransigente do Brasil. Escreveu igualmente para o Marquês de Ponte de Lima, tio de sua mãe, outro orientador indispensável do príncipe, perante quem pedia intercedesse pessoalmente no sentido de que três arrobas de ouro fossem anualmente retiradas do total do quinto a ser remetido para Portugal e deixadas para as despesas públicas de Goiás, cujo erário estava por demais endividado. Além de tais favores, apresentava um rol de outros pedidos que seriam medidas de enorme utilidade para o reino, sugeridas por governadores anteriores e que não haviam sido atendidas, tais como a efetiva criação da comarca do Norte, com a nomeação do desembargador Joaquim Teotônio Segurado como ouvidor. Também dava-lhes ciência de que determinara um recenseamento da capitania, o primeiro que ali se fazia, e por intermédio do qual se poderiam tomar as medidas benéficas a partir de um conhecimento real das necessidades. Enfim, em face do estado verdadeiramente calamitoso da capitania, percebia de antemão que nada poderia fazer de obras que demandassem gastos e por muito feliz se daria caso conseguisse equilibrar o deficitaríssimo orçamento público.

Esse recenseamento era chefiado pelo Cônego Silva e Sousa, com a colaboração do Desembargador Florêncio José de Morais Cid, intendente do Ouro, e do Ouvidor Joaquim Teotônio Segurado. Escreveu ainda uma carta muito especial ao governador de Minas Gerais, dando por finda a velha disputa iniciada em 1799, quando da criação da Comarca do Rio das Velhas, a qual usurpou largo trato do território goiano e que vinha provocando embaraços à administração da capitania. Durante o almoço, o governador teve como comensal o tenente agregado de dragões Pedro Antônio de Oliveira, militar disciplinado e austero, que iniciou o almoço se atrapalhando com o manejo do garfo e da colher para comer. Por fim, pedindo perdão a s. ex.ª o governador, explicou que preferia comer com a mão, desde que há muito os talheres do seu quartel haviam desaparecido.

— Ora, pois não, meu tenente; não se amofine e esteja à vontade. — O governador entendia o hábito arraigado de não usarem talheres, agravado pela escassez de tais utensílios no mercado. No palácio mesmo, não fosse a baixela trazida pelo conde, o que havia era quase nada.

A seguir D. Francisco de Assis recebeu a visita do Sr. Brás Martinho de Almeida, que veio inteirá-lo do andamento da construção do Pavilhão de Diversões, cujo término ele queria para o mais breve possível. Tudo ia bem, os principais homens da Vila haviam destinado quase trinta escravos para auxiliarem na obra, fornecendo ainda animais para o transporte do material, sem falar na ferramenta, madeira, cal, telhas etc.

O governador agradecia o entusiasmo dos goianos. No passo que ia, certamente que com mais uns dois meses, no mais tardar, estaria a construção terminada. E isso era muito importante. Na verdade, era difícil agüentar a pasmaceira desse governo, em que as relações não se efetivavam impedidas pelas distâncias, pela preguiça, pelo desestímulo de todos. Agora D. Francisco entendia por que os Meneses fomentavam fuxicos e intrigas — era para se distraírem. Ele, Mascarenhas, em lugar do enredo, do mexerico, da solércia, da matreirice que levava à rivalidade e ao antagonismo pessoal, preferia distrair-se com as mulheres. Era uma opção compensadora.

No expediente daquele dia quase nada havia de que tratar, a não ser os problemas do comandante militar de Pilões (comedor com as mãos), que trazia uma série de reclamações de difícil atendimento. Ele queria o pagamento da tropa, coisa que nem no continente se conseguia. Os soldados portugueses pediam esmola à porta dos palácios que guardavam. Calamidade! Por isso, logo às 2 horas o governador convocou funcionários e pessoas gradas para discutirem o grande plano de reforma administrativa da capitania, o qual deveria se encaminhar ainda naquele ano para Lisboa, a fim de merecer a aprovação do Conselho Ultramarino e obter de el-rei ordens de execução. Seu idealizador era o grande secretário de governo, Sr. Luís Martins de Bastos, homem providencial, na definição de D. Francisco de Assis. Trabalhavam seguindo um plano elaborado pelo governo Tristão da Cunha — ótimo plano!

Cumpria aproveitar a estada junto ao príncipe do Marquês de Ponte de Lima e do amigo Rodrigo de Sousa Coutinho, pois a instabilidade militar da Europa não permitia prever o dia de amanhã... Os amigos ingleses eram piores que os inimigos franceses e espanhóis.

Para esse plano (graças à ajuda do secretário Martins de Bastos) tinha o governador uma visão clara. Os primeiros capitães-generais cuidaram principalmente da mineração do ouro que estava em florescimento; a partir de D. José de Almeida Vasconcelos de Soveral e Carvalho, a produção de ouro declinou e esse governador se volta para o aldeamento dos indígenas e estímulo à agropecuária, de que a navegação dos rios é corolário. Os três Meneses, que o sucederam, preocuparam-se com o aldeamento dos indígenas, como tarefa prioritária, vendo neles fonte de mão-de-obra barata para substituir os escravos negros tão caros e cada vez mais raros, uma vez que quem os possuía tratava de vendê-los para o Rio de Janeiro, onde alcançavam alto preço. Os escravos eram tudo que os goianos tinham para exportar. Agora no seu governo a parte referente ao ouro estava superada. Não havia o que fazer, senão prosseguir na coleta cada vez menor do quinto. Também no tocante aos índios, o assunto estava mais ou menos debelado pelo aldeamento de quase todos, com exceção dos da parte norte da capitania, especialmente os terríveis canoeiros. No aldeamento, os índios sucumbiam e morriam mais rapidamente do que em liberdade, deixando livres os campos e matos para a atividade agropecuária em desenvolvimento. Diante disso, na opinião de D. Francisco de Mascarenhas, o que cabia ao governo fazer era estimular, apoiar e incentivar a lavoura e o criatório, fazendo igualmente gestões para tornar franca e viável a navegação dos rios assim da bacia amazônica como da bacia platina, através de cujos cursos os produtos de Goiás chegariam a Belém do Pará e ao resto do país com fretes muito menores do que os que se pagam pelos caminhos terrestres do Rio e de São Paulo. De outro lado, a mercadoria importada do Pará, chegava a Goiás pela metade do preço da mesma mercadoria importada do Rio ou de São Paulo. Esse era seu programa. Programa sério e que fugia a certos planos anteriores, como por exemplo, o do capitão-general D. Álvaro José Xavier Botelho de Távora, Conde de São Miguel.

É bem verdade que esse nobre Távora foi alvo de tamanha perseguição da parte de Pombal que não se sabe o que é verdadeiro e o que é insídia, calúnia, difamação e vitupério a serviço de perseguição política, em sua efêmera gestão. Do Conde de São Miguel dizem que trouxe de Portugal um baú cheio de bastões, que seriam vendidos aos mineradores goianos como insígnias de patentes militares que lhes eram igualmente vendidas. O produto da venda era dividido entre o erário e o bolso do governador, embora o número de oficiais militares portadores de bastões tornasse desmoralizadoras tais honrarias.

A venda de patentes era outro labéu atirado contra D. João Manoel de Meneses, outra autoridade que sofreu injusta campanha da parte do reino, por influência do Sr. Conde de Lumiares, irmão do ex-Governador Tristão da Cunha Meneses, inimigo jurado de D. João Manoel.

Outras medidas urgentes a tomar e que deveriam constar do

planejamento seriam a cobrança de impostos e tributos atrasados, a supressão de cargos dispensáveis da administração da capitania, rebaixamento de alguns vencimentos que a decadência tornara excessivamente elevados, enfim medidas que exigiam cautela porque eram antipáticas, chegando até a supressão de algumas escolas públicas e demissão de professores que já eram tão escassos e insuficientes. D. Francisco não perderia de vistas a cobrança das importâncias devidas pelos arrematantes de tributos e seus fiadores, os quais recebiam o valor dos tributos e não pagavam ao rei. A intenção era remeter semelhante plano para Lisboa ainda no ano de 1804, antes do Natal. Por falar nisso, eram más as notícias vindas do reino. Velhas notícias, diga-se de passagem, mas sempre ruins. O governador e alguns reinóis ali presentes lembravam-se do que fora a invasão de Portugal pelas tropas francesas de Napoleão aliados aos espanhóis, em fins de 1799, para vingar-se do auxílio que a esquadra portuguesa prestara à Inglaterra. Daí para cá Portugal estava praticamente invadido por tropas francesas e inglesas que disputavam a posse do país e do príncipe regente, que era mero joguete dos acontecimentos, ora sob o domínio da França, ora da Inglaterra. Praticamente, desde 1803, após a vitória dos jacobinos franceses, tanto D. Rodrigo de Sousa Coutinho como o ministro inglês de Lisboa vinham convencendo o príncipe João a transferir a Corte para o Brasil. Isso era assunto aceito, dependendo apenas do momento azado para cumprir-se. Portugal estava de tal forma dividido entre os invasores, que um irmão de D. Francisco servia, como militar português, a Napoleão Bonaparte, na odiada missão Lannes.

    A dúvida, a incerteza, o temor tomavam conta de todos os corações, com a França extorquindo dinheiro do povo português e alargando seus limites territoriais e sua influência (maligna, no julgamento da classe dominante) no Brasil. Em face de tais circunstâncias, pouco tempo sobrava à corte portuguesa para pensar e meditar sobre os negócios de uma perdida capitania no coração da América do Sul. Era preciso paciência e D. Francisco se lembrou de um dito que corria nos corredores do palácio dos vice-reis, no Rio de Janeiro. Lá se dizia que na vida administrativa de um capitão-general havia três fases: a de febre com delírio, de febre sem delírio e a da prostração.

Como nem todos os circunstantes (muitos deles empedernidos militares e burocratas) apreendessem o aspecto metafórico do discurso, o próprio governador tratou de o explicar. É que ao partir para sua capitania, o governador recém-nomeado traçava planos mirabolantes de trabalho, pensando salvar o povo de suas mazelas e imortalizar-se perante o rei — era a fase de febre delirante; ao chegar à capitania o governador se capacitava da impossibilidade de seu plano e tratava de reduzi-lo ao mínimo, acomodando-se à realidade das coisas — é a febre sem delírio. A indiferença local e a resistência da Corte a qualquer progresso acabavam por reduzir todos os sonhos do governador a zero — é a prostração final.

Houve risos de uns e algumas considerações de desacordo por parte de outros que viam na brincadeira uma perigosa crítica à intocável sabedoria (ou indormida vigilância) de sua majestade fidelíssima. Isso pôs fim àquela reunião.

O governador já se aprontava para o banho, ocasião em que esperava topar a sua jovem e bela escrava-amante e gozar de seus secretos encantos, quando o encontrou aquele criado que dormia no refeitório naquela primeira noite que Ângela veio a seu quarto. "Que nome teria esse sujeito?" Não se lembrava, em absoluto! Entre risos e curvaturas, o criado entregou-lhe um envelope fechado, que o governador abriu ali mesmo e leu. Era de Ângela. Queria estar com ele governador naquela noite. Sugeria que a mandasse buscar de cadeirinha, a sua casa dela nas Águas Férreas, tão logo o governador entendesse que ela poderia ir com segurança. Estava esperando na janela que haviam convencionado antes como ponto de encontro, no beco.

"Caramba" — pensou o jovem. O programa mudava-se. A negrinha devia ser evitada pelo menos até que se decidisse em que daria o encontro com Ângela.

Por isso, mal terminou o jantar que não teve convidados, montou seu cavalo e seguido de um escravo ganhou a estrada da Cambaúba. Ia ver o andamento das obras do pavilhão, nem tanto para vê-lo, senão para acalmar o velho coração e dar tempo ao tempo.

Depois que o sino da Câmara tocasse a recolher e as cornetas dos quartéis proclamassem silêncio, enviaria a cadeirinha para buscar a menina. Upa! que afinal a princesinha resolvia enfrentar mais um encontro a sós com ele, o bicho-papão ou o lobisomem! Via-se que era mesmo uma sertaneja, uma criatura sem os hábitos cortesãos. Faça idéia se fosse moça de Lisboa ou do Rio de Janeiro! Não teria desperdiçado um só minuto nessa rara oportunidade de relacionar-se com um nobre, e por cima de tudo governador!

II
Febre
sem delírio

CAPÍTULO XI

"O ócio é a máxima felicidade dessa gente. O próprio soldado raso que tem de levar uma carta da Real Fazenda ao palácio do Governo, apenas a duzentos passos de distância, não a leva ele próprio. Manda-a por um negro escravo e a toma à soleira do edifício. Com essa inatividade e preguiça, os brancos decaíram tanto que à maioria deles falta até o necessário traje para comparecer decentemente à igreja aos domingos. Expressamente para estes é rezada uma missa às 5 horas da manhã, que tem o nome de missa da madrugada." [*Viagem ao interior do Brasil*, de J. E. POHL.].

DESDE QUE CHEGARA a Goiás que D. Francisco não saía da Vila, em cujos arredores fazia pequenos passeios, especialmente visitando o local onde se estava erguendo o Pavilhão de Diversões. Agora, porém, já entrando no segundo ou terceiro mês de permanência ali, estava planejando uma visita às águas quentes da lagoa de Piratininga. A fama das caldas era grande e crescera muito desde que o ex-Governador Tristão da Cunha Meneses passara a freqüentá-las. Era consabido que Tristão, quando chegou a Goiás, estava praticamente impotente, arrasado pelas doenças venéreas que trouxera da Europa. O remédio específico no combate ao mal francês, o chamado Rob l'Affecteur, para o governador goiano nada valeu. Já as caldas de Pirapitinga não só combateram e anularam as moléstias, como restituíram ao português a virilidade perdida, permitindo-lhe daí para a frente unir-se com três ou quatro mulheres em Vila Boa. Não gerara filho, é verdade, mas isso também seria exigir em demasia.

Se bem que não tivesse mal algum de natureza venérea, nem padecesse de qualquer embaraço no gozo da virilidade, o que despertava no capitão desejo de ir às caldas era a curiosidade de conhecer semelhante dádiva da natureza e estudar meios para torná-la acessível e útil aos brasileiros. A viagem era seu tanto longa, mas como diziam, nem totalmente desprovida de algum conforto, pois o Sr. Tristão havia mandado construir abrigos (embora toscos) ao longo do trajeto, para os devidos pousos, de modo a amenizar a viagem.

Cedo, no seu gabinete, pensava o capitão-general nisso, sem esquecer que agora não podia ausentar-se. O encontro da noite anterior lhe alterara completamente a vida, a qual precisava ser repensada e replanejada. Que alegria! Como era bom viver! Ao acordar pela manhã, após apenas uma ou duas horas de sono, sentiu-se outro homem, cheio de forças, cheio de vigor, o coração confortado pelo amor de Ângela e a sensibilidade aturdida por aquela longa noite de carícias com a bela e admirável mulher, ele que tantas, tão belas e tão refinadas cultoras de Vênus conhecera em sua vida. Hoje o jovem D. Francisco se sentia capaz de vencer até Napoleão Bonaparte, se com ele viesse a encontrar, embora fosse melhor não pensar nisso.

Como tomara por norma, cheio de novo ardor, escreveu cartas aos familiares e aos ministros portugueses, expondo problemas, sugerindo medidas e pedindo ordens para executá-las. O que havia de mais urgente era cobrar as dívidas atrasadas e para isso determinou providências ao pessoal da Junta da Fazenda Real. Complementarmente, por intermédio do comandante da tropa de dragões e pedestres, fez expedir instruções para que se apressasse a cobrança dos tributos sob administração. Isso queria dizer o seguinte: na verdade, como o rendimento dos tributos da capitania vinha minguando a cada ano, a não ser os dízimos, nenhum outro encontrava ninguém que os quisesse arrematar, como até agora vinha sendo feito. Os últimos arrematantes ou ficaram alcançados ou não pagaram ao erário a quantia que deviam como arrematadores, muitos fugindo para lugares ignorados e não sabidos, o mesmo fazendo os fiadores apresentados. Em face disso, agora os tributos vinham sendo cobrados pelo próprio governo que à falta de coletores fiscais suficientes, utilizava nesse trabalho os dragões e pedestres ou ordenanças. Era um procedimento irregular, e trazia o grande inconveniente de distrair os militares de suas funções ordinárias, eles que em si já eram tão escassos e que estavam sem perceber vencimentos havia mais de dois anos. A conseqüência era o militar pôr na própria algibeira o rendimento do tributo, ficando o erário com dificuldades para reaver a importância desviada, porque os militares não tinham fiadores nem avalistas, como se exigia dos civis arrematantes.

Os próprios dízimos não cresciam na escala prevista. Eram incontáveis as fazendas del-rei, ou seja, fazenda de lavoura e de criar que haviam sido confiscadas pela Coroa por falta de pagamento de tributos. Fazendas tais nem tinham condições de ser levadas a leilão, pois ninguém se interessava em adquiri-las, entre outros motivos porque agricultura exigia escravos e certos conhecimentos especializados que os homens do lugar não possuíam, habituados todos exclusivamente com o comércio e com a vida em comunidades urbanas. Além das propriedades maiores, sem número eram as propriedades menores que praticamente nada produziam, para dessa forma evitar o pagamento dos dízimos, o qual era cobrado em moeda corrente do país e os pequenos proprietários nunca tinham dinheiro amoedado, vivendo à custa do escambo ou troca de mercadorias. Para fugir ao fisco, às penhoras, às custas judiciais, o povo abandonava suas casas e terras e se metia no ermo, aonde tais sanções governamentais não chegavam. Antigamente isso não era possível por causa dos índios existentes nos campos e que atacavam as pessoas. Mas agora com o indígena aldeado, tal perigo inexistia.

A fuga das proximidades das vilas e arraiais tinha também outro motivo: os deveres religiosos. Registro de nascimento, óbito, casamento, batizado, desobriga pela semana santa, óbolos e esmolas, confissões, comunhões, extremas-unções e outros deveres para com a Igreja exigiam alto pagamento, que o povo não tinha condições de atender. Isso levava as pessoas ou a se tornarem novos selvagens ou a engrossarem as hostes dos vagabundos e ociosos. É desse tempo o famoso soneto do Padre Silva e Sousa, criticando o não menos famoso vigário da vara João Pereira Pinto Brabo, que escorchava os fiéis com excomunhões e ameaças, cujo resgate exigia muito ouro e penitência. Eis um dos tercetos da obra:

"Um vigário feroz, sotaina e c'roa,
Eis aqui por desgraça desta gente
O vigário da vara em Vila Boa."

Muita gente já não sabia rezar, nem sabia pensar em termos de dinheiro amoedado corrente. Falava-se em onça de ouro, meia onça, quarto de onça ou oitavo de onça de ouro em pó, que era a moeda usual, ouro em pó terrivelmente misturado com areia, limalha de bronze e outras substâncias que desvalorizavam o metal nobre, de modo que os comerciantes, de sua banda, encareciam constantemente as mercadorias para compensar a desvalorização do ouro em pó, em decorrência de sua falsificação diária. Para comerciar, cada qual trazia na algibeira sua balança munida do respectivo jogo de pesos, balanças geralmente de fabricação inglesa e que assumiam os mais diversos e caprichosos feitios, indo desde as grandes e grosseiras que não saíam de seus suportes, até as minúsculas e gentis que escamoteadas e dobradas cabiam em miúdos e artísticos estojos menores do que uma boceta de fumo. Taperas estavam por toda parte: fazendas abandonadas ou minúsculas e paupérrimas casas que não possuíam nem currais, nem paióis. O mais impressionante eram as povoações abandonadas, algumas com um número considerável de casas relativamente bem-construídas, com igrejas, altares ornamentados, imagens e paramentos, sinos e missais — tudo abandonado, sem um único habitante. Reino de fantasmas e lendas, das quais o povo fugia apavorado e para as quais afluíam morcegos e corujas.

A lavoura só compensava ao longo das estradas mais trafegadas. Aí se podia vender milho para as tropas ou receber pagamento por algum mantimento fornecido, embora também as estradas estivessem desertas, e poucos por elas trafegavam. Prosperavam as propriedades agrícolas dos grandes comerciantes e aquelas tocadas por altas autoridades ou graduados funcionários reais que recebiam proventos em moeda corrente, em dinheiro de contado, com o que satisfaziam o fisco del-rei. Parece, porém, que havia um castigo, um capricho da sorte, e nada andava, nada se desenvolvia. Não havia gente capacitada para o trabalho, nem recursos, com as distâncias e o deserto matando tudo e todos.

Era preciso urgência. E D. Francisco escrevia e procurava entrar em contato com militares e comerciantes que tinham alguma idéia de como desencadear o processo capaz de desenvolver a navegação dos rios, enquanto procurava abrir novas estradas e linhas de correio. Estava certo de que não havia produção agropastoril porque faltava transporte e faltava transporte por não existir produção agropastoril. Urgia quebrar um elo dessa corrente emendada, desse círculo vicioso.

A partir de semelhante convicção, passou o governador a procurar como resolver a navegação. Para tanto, buscava informação com pessoas que eram tidas como conhecedoras do assunto ou das muitas que anteriormente haviam participado de expedições ou trabalhos ligados a transporte e comunicação, sem esquecer que as estradas da capitania estavam em via de desaparecimento, com as poucas pontes arruinadas e as balsas dos portos escangalhadas. As estradas não passavam de trilheiros abertos por pés humanos ou cascos de animais, inviáveis para qualquer tipo de viatura. Na verdade, era até uma vergonha que os limites da capitania até então nunca houvessem sido transpostos por qualquer tipo de veículo de rodas. Nunca uma sege, ou coche, ou carruagem rodara pelas estradas e pelas ruas de Goiás. Invenção tão antiga e tão indispensável, a roda jamais tivera aplicação nos transportes goianos!

Naquele momento, o governador já tinha um ponto de referência seguro, utilizaria o povoado de Santa Rita do Rio do Peixe para servir de ponto inicial da navegação do rio Araguaia, que era o rio cuja exploração interessava também o governador do Pará. Via nele o caminho para chegar a Mato Grosso e daí aos ricos contrabandos da Bolívia e Peru. "Certo. Santa Rita seria o porto de Vila Boa no comércio com o Pará e Mato Grosso." Isto encheu de entusiasmo os habitantes de Vila Boa. Dom Francisco de Mascarenhas fez seguir para lá um velho navegador do Araguaia, Tomás de Sousa Vila Real, dando-lhe a incumbência de construir, por conta da fazenda real, naquele local, cinco canoas grandes e duas montarias. Vila Real convocou armadores que viviam em Vila Boa, carpinteiros, ferreiros, tecelões, os quais deveriam seguir para Santa Rita e começar a tarefa. O porto de Santa Rita do Rio do Peixe ficou famoso desde que aí apeara, em fevereiro de 1800, o Governador João Manoel de Meneses com sua comitiva de 216 pessoas, inclusive um cirurgião-mor e um sacerdote, após cinco meses e meio de viagem ininterrupta, partindo de Belém do Pará. Fora um audacioso o pobre governador que tanto sofreu no seu governo!

Apenas porém encerrava o expediente pelas 4 horas da tarde, o jovem governador ficava impaciente e mal se agüentava nos longos passeios a cavalo, tanta era a saudade de sua amada, de sua bela, jovem e encantadora Ângela. A partir de então, rara era a noite que a moça não viesse alegrar o quarto do governador que na sua inquietude ia pessoalmente buscá-la no Beco das Águas Férreas, em perigo de ser identificado por transeuntes e guardas da ronda noturna. Essa busca tinha que ser depois do toque do sino da Câmara e cadeia, pois com a noite entrando é que as mulheres de Vila Boa entendiam de sair para as visitas e passeios sociais, andando aos bandos, umas atrás das outras, cabeça baixa, envolvidas nos seus xales escuros tão impróprios para uma cidade tão quente. De dia, os andrajos com que se vestiam, forçadas pela miséria crescente, seriam visíveis em demasia e desmoralizariam suas donas, matronas e moças descendentes dos gloriosos bandeirantes de outrora ou de antigos mineradores cuja fama de riqueza até hoje enchia de lendas as longas noites da capitania. Para levar Ângela de volta à sua casa, também era preciso cautela. Às 4 horas da manhã já estavam novamente as tristes mulheres aos magotes pelas ruas, no afã de assistir à missa diária com segurança de não serem vistos seus andrajos e seus calçados arrebentados pelo uso.

As noites, passavam os dois na realização dos melhores sonhos de amor, e foi assim que, decorridos uns meses, a menina começou a alarmar-se. A família deu de inquietar-se com ela que havia emagrecido a olhos vistos, perdera muito de sua vivacidade natural, para se mostrar diariamente sonolenta, enlanguecida, como que com o pensamento voltado para uma divagação contínua. Por mais que a mãe e a mucama Lídia falassem e lhe chamassem a atenção, a menina não conseguia dominar o sono e passava grande parte do dia dormindo em seu quarto. Dormindo ou sonhando com o encontro de cada noite?

De par com isso, uma conversa começou a inquietar a menina. Escravos, gente de servir, amigos e freqüentadores da casa estavam encafifados com um fato que lhes parecia coisa de fantasmas. Uma liteira levada por quatro homens encapotados passara a ser vista pelas ruas da Vila, vinda dos lados da casa da Câmara e cadeia. Alguém já a vira ali nas proximidades do Beco das Águas Férreas. A coisa crescia tanto que a mucama Lídia resolveu conversar com a menina. Naturalmente que o assunto era grave e a conversa tinha que ser entabulada com astúcia, coisa que não faltava à escrava, a qual esperava armar-se o momento oportuno. E

esse pintou certo dia, quando ambas estavam sozinhas, depois que na varanda a mãe e os criados comentaram sobre o aparecimento da tal liteira. Disse, pois, Lídia:
— Sinhazinha, que é que mecê acha dessa tal cadeirinha tão encantada? — A resposta veio pronta: — Ah, besteira, Lídia! Invenção do povo. Fantasias de quem não tem o que fazer...
Contudo Lídia teimava: — Será, menina! tem muita gente afirmando que viu. O Berto, por exemplo, disse que ficou de tocaia e viu com os olhos lá dele a cadeirinha parada aqui na esquina da casa! — De lá a menina fez com a boca um movimento como a dizer: "Sei lá... Não quero perder tempo com isso... ando com tanto sono..." — Mas jeitosamente Lídia prosseguiu:
— Minha filha, tem gente dizendo por aí que a tal cadeirinha sai do palácio e volta para o palácio... Tão dizendo que é gente destas bandas de cá que entra na cadeirinha...
Com estas palavras, como que Ângela assustou-se, empertigou-se e quis saber quem é que achava que era gente dali que ia na cadeirinha. Lídia contudo respondia que não sabia ao certo quem falara, mas que ela Lídia também acreditava que a cadeirinha existia e que era coisa do governador. Observou que a cidade inteira andava de orelha em pé, que o capitão-general não se tinha decidido até aquele momento por qualquer mulher, como geralmente todos faziam. Aliás, todos não era falar a verdade. Dizem (que ela Lídia não era ainda nascida) que o Governador Tristão quando chegou não apanhou mulher nenhuma, que ele era doente demais, muito engalicado, homem de andar de saia a maior parte do tempo, mode as doenças lá nas partes dele, até que deu de visitar as caldas da lagoa Pirapitinga e aí sarou e virou homem de verdade e logo-logo botou no palácio suas mulheres, que daí ele teve diversas.
— Mas D. Francisco não é doente — ponderou Ângela.
— Quem sabe? — perguntou interrogativa a mucama. — Essas coisas todo mundo esconde.
— Digo que não é doente porque eu tenho conversado com ele, temos ido ao pavilhão, ele monta bem a cavalo, ele anda, ele não tem cara de doente.
— É. Capaz que já tenha alguma mulher... uma escrava, que essas são muito descaradas. Dizem que lá no palácio mesmo tem uma negrinha nova que é um azougue de fogosa. — Enquanto fa-

lava, Lídia examinava bem o semblante da menina, para arrematar: — Quem sabe se essa cadeirinha andando para lá e para cá o que dá a noite não é pegando alguma mulher para o governador?! Esse conde já deve ter mulher. Mas quem será? Ângela de lá parecia nada ouvir e como Lídia se calasse, ela perguntou: — Uai, mas você ouviu alguma conversa sobre essa tal negrinha azougada do palácio? — Não — respondeu prontamente a mucama. — Eu nada ouvi. Eu é que estou de cá futucando minha cabeça nessa regra do pode-ser e do pode-não-ser.

E por aí foi acabando a prosa, que Ângela parece que anuviou o semblante numa sombra que não era estranha para Lídia, a qual assim como não quer nada, mudou o rumo da prosa e por fim se ausentou do lado da menina.

Apanhando-se sozinha, Ângela se viu presa de temores e desconfianças. Na verdade, pouco lhe importava que dissessem que a cadeirinha fosse um fantasma ou fosse do governador. Quanto a isso ela estava perfeitamente informada. O que a espantava era aquela conversa da pretinha jovem azougada. Isso era uma conversa desconcertante. E sobre isso teria um entendimento com sua madrinha Aleixa, que ela iria informar direitinho tudo. Sim, naquele dia mesmo iria visitar a madrinha, aí pelo meio-dia ou pouco mais, especialmente para informar-se sobre essa tal negrinha. E o assunto da possível existência de uma rival na vida do governador, amargurou Ângela que até agora vinha vivendo como que inebriada pelos carinhos que dele recebia, de seus galanteios e palavras doces. O temor que a princípio arranhou o espírito de Ângela agora o dominava, mas era um vago temor, incerto e terrível, que lhe dava desejo de chorar à força de não atinar com o que sentia. Naquele momento, pela primeira vez, se perguntara se agira bem ou mal enfrentando aquele encontro sozinha com esse homem poderoso, rico, habituado com a sociedade elegante da Europa e do Rio de Janeiro. Teria ela sido enganada por ele? Ela sentia que não. Gostou dele, ele lhe tocou o coração e a sensibilidade, eles se amaram. E foi uma coisa maravilhosa, de que jamais se arrependeria para o resto de seus dias.

Teria ela sido demasiadamente afoita e permitido uma fácil conquista? Era assunto que não lhe agradava encarar. Dom Francisco a convencera: com suas carícias e palavras se tornara senhor de sua vontade. Ela fizera a única coisa que devia em face do abandono a que a relegara o tenente Jardim, esse sim, um brutamontes. Depois, estava certa de que ninguém se recusaria aceitar os amores do jovem sadio, educado, rico, poderoso, o homem mais poderoso da capitania. Quando soubessem, todas as mulheres iriam morrer de inveja e todas passariam a admirá-la até o desespero. E os homens? Censurariam certamente o procedimento dela Ângela, mas também seria por inveja, por despeito ante as condições que os obrigavam a levar aquela vida. Até seu pai. Seu irmão tinha amantes com as quais mantinha família; portanto, que é que poderiam censurar? Por outro lado, bem que gostaria de estar casada legalmente, de poder a qualquer momento abraçar e beijar seu querido amante, mas, que diabo! ali e em todo o país o concubinato não era uma regra normal? Os pais e os mais velhos contavam dos amores dos príncipes europeus, principalmente dos escândalos de infidelidade da atual princesa reinante Carlota Joaquina. A própria D. Maria I, tão piedosa agora, tinha sua fama de infiel ao marido. E que dizer de Vila Boa? Ali, desde os grandes do Governo, em todos os tempos, todos tiveram amásias, mulheres que reinaram na terra, que mandaram e desmandaram e que até hoje exerciam grandes poderes.

Não. Não queria pensar no caso. Queria viver o momento de felicidade e de alegria que estava vivendo e só isso lhe bastava. Talvez fosse melhor se tudo se pudesse fazer à luz do dia, com apoio dos pais, amigos e as bênçãos de Deus, especialmente isso, mas infelizmente não foi assim que lhe reservou o destino e ela não recusaria. O que não podia admitir era rival ou rivais. Enfrentara muitos obstáculos, tivera que ser e continuava sendo muito corajosa e enérgica para alcançar o bem que estava alcançando, e por isso não admitiria partilha nesse amor. Agora mesmo, tão logo almoçasse, iria para o palácio sob desculpa de que a madrinha a chamava e lá passaria o resto do dia vigiando o amado e chamando sua atenção para que fosse mais discreto com a cadeirinha.

E Ângela chamou Lídia para ajudá-la a vestir-se. Botou um vestido de cassa levemente rosado, de corpinho muito curto e mangas de enormes volumes, conhecidas como mangas de presunto. Tinha um toucado alto, enfeitado de plumas, levando na cintura uma espécie de rosário de grandes contas de ouro, com ouros e brilhantes também nos brincos, braceletes e anéis. Bem, nos brincos não eram brilhantes. Eram outras pedras que os brilhantes eram proibidos pelo rei de serem usados na Colônia. Aqui, só pedras semipreciosas. Displicentemente caído nos ombros, havia um xale claro, com fios dourados. Iria acompanhada de Lídia que levava saia de ganga azul por cima de uma blusa de chita e um grande lenço branco dobrado em triângulo posto na cabeça. Despedindo-se da mãe, entrou com Lídia para uma cadeirinha clara, privativa da menina, e lá se foram ambas ao calor do após meio-dia, depois que os sinos badalaram pelas igrejas. No trajeto encontraram com uma pequena procissão formada de um padre todo paramentado, dois meninos de sobrepeliz portando castiçais e vela acesa, um homem de opa tendo a caldeirinha de água-benta numa mão e na outra uma umbela de franjas douradas com que fazia sombra ao sacerdote. Outro menino de batina preta e capinha vermelha tocava a campainha. Por onde passava o pequeno cortejo, o povo se ajoelhava ou se juntava ao préstito. Era a saída do Viático, isto é, o padre ia dar comunhão a algum doente ou a alguém rico que não queria ou não podia ir à igreja.

Ao se aproximar, a cadeirinha estacionou e Ângela, afastando um pouco a cortina, persignou-se e colheu num longo beijo a bênção do sagrado corpo de Deus, para prosseguir depois. "Que Deus todo-poderoso a ajudasse naquele amor."

Alguém teria dito que o Sr. Algodres estava nas últimas. Sr. Algodres! Ângela iria perguntar a seu pai quem era ele.

CAPÍTULO XII

(Carta de D. João Manoel de Meneses a D. Rodrigo de Sousa Coutinho, governador do Pará, em 30 de março de 1803).

"Vejo-me diariamente atacado pelo intendente, o qual atropelando tudo quanto o respeito e a civilidade têm de mais sagrado, me ofende e insulta em toda ocasião e lugar, muito principalmente desde o momento que sua Alteza Real houve por bem estranhar os meus procedimentos despóticos pela carta régia do dia 14 de dezembro de 1801, que beijei e fiz dar a mais pronta e submissa execução. A minha saúde não precisava de tão forte estímulo para desaparecer, e a minha existência dificultosamente se conserva desde essa fatal época das minhas desgraças, obtendo os meus assinalados serviços a mais insólita e inesperada recompensa." [*Corografia histórica* Capitania de Goiás. — ALENCASTRE].

DOM FRANCISCO estava na sala de reuniões com várias pessoas, entre as quais o Sr. Tomás de Sousa Vila Real, piloto de muitas viagens pelo Tocantins e Araguaia, examinando a última carta recebida do governador do Pará.

Nela o gentil-homem elogiava muito o empenho do príncipe regente em animar e fomentar a navegação dos rios do Norte de Goiás e da ampliação do comércio, sem entretanto apresentar qualquer medida positiva para tornar viáveis ambas as iniciativas. Como sempre, também nesta carta o ilustre governador do Pará nada ajudava na difícil tarefa. Entretanto D. Francisco determinava novas providências no sentido de se aprontarem os sete barcos que deveriam no início da seca do ano seguinte descer o Araguaia carregados de mercadorias. Determinou mais que se escrevessem cartas a comerciantes e homens de posses de Crixás, Pilar e Santa Rita, encorajando-os a fabricarem barcos e lotá-los com mercadorias destinadas a Belém do Pará.

Esse Tomás de Sousa Vila Real era uma figura providencial. Começou sua carreira de comandante de barcos na linha do Tocantins-Araguaia com apenas 17 anos de idade. Em 1791, com D. Francisco de Sousa Coutinho à frente do governo do Pará, em harmonia com as diretrizes integracionistas do Conde de Linhares, forma-se em Belém uma sociedade mercantil para explorar as possibilidades comerciais de Goiás através dos rios Tocantins e Araguaia. Vários barcos são equipados e carregados e entregues à direção do Cabo Tomás de Sousa Vila Real que a cinco de fevereiro parte de Belém e sobe o Tocantins até o Arraial do Carmo, nas proximidades de Porto Real, e daí, por via terrestre, se dirigiu para Vila Boa, aonde chega antes do meado do ano. Entusiasmado com sua façanha, o Governador Tristão da Cunha Meneses estimula nova expedição a Belém. Nas vésperas de Natal desse mesmo ano, aproveitando-se da cheia dos rios, embarcou novamente Tomás de Sousa no rio Vermelho, confluência do rio Ferreiro, a 14 léguas de Goiás, e iniciou a descida até Belém, aonde chega após 52 dias de viagem através de um percurso de quatrocentas léguas. Logo a seguir nova expedição foi cometida ao já famoso piloto; mas como o tempo era de seca, as coisas se tornaram mais difíceis, e demorou a viagem dois anos para completar-se, delonga que arrefeceu o entusiasmo do Governador Tristão da Cunha que tinha preferência pela navegação do Tocantins, ao contrário do governador do Pará e do ministro Conde de Linhares que eram partidários do Araguaia.

Diante dessa demora, Tristão da Cunha resolveu experimentar o Tocantins, por onde fez partir uma expedição de socorro ao Pará ameaçado por tropas francesas da Guiana. Esta expedição partiu do rio Uruú, próximo de Goiás onze léguas, e se constituía de alguns barcos grandes e nove igarités conduzindo cerca de 800 homens. Alcançou o rio Maranhão e depois o Tocantins.

Foi um empreendimento tumultuado, arrebanhando recrutas e martimentos pelas terras ribeirinhas, recebendo ataque de índios ferozes, fatos que determinaram a deserção de quase todos os expedicionários que não foram vítimas de febre e moléstias intestinais. Dentre os que chegaram a Belém contavam-se o Cabo José Luís, o Sargento Miguel de Arruda Sá e o Alferes Antônio de Faria Costa, que diariamente estavam na sala contígua ao dossel do palácio rememorando esses velhos e heróicos tempos.

Agora, o Sr. Tomás de Sousa Vila Real dirige a construção de barcos e armazéns do porto de Santa Rita do Rio do Peixe, de onde partiria a expedição comercial para Belém, conforme deliberação do Governador Assis Mascarenhas que escolheu o rio do

Peixe e não o rio Vermelho para ponto inicial da linha de barcos. O motivo mais decisivo era a melhor navegabilidade deste último, como demonstrou a comitiva que em 1800 subiu por ele trazendo de Belém o Governador João Manoel de Meneses, o único a enfrentar viagem tão longa, tão dificultosa e tão desconhecida. Bastava essa façanha para tornar sua memória grata aos goianos e ao Brasil, por que não? Se bem que o Governador João Manoel estivesse na fase da febre com delírio!

Ao entrar Ângela em palácio, a madrinha Aleixa veio correndo ao encontro dela com muita festa, e convidou-a para o refeitório vazio àquela hora. Ansiosa como estava, a menina não respeitou preâmbulos e foi diretamente ao assunto. Disse que soubera, por mais de uma pessoa, que o governador mantinha amores com uma pretinha escrava, jovem, que trabalhava na cozinha do palácio. E estava para pedir à madrinha que não permitisse semelhante coisa, pois isso era um insulto a ela Ângela.

A madrinha não se mostrou admirada ou surpresa, dando a impressão de que sabia do caso. Apenas ponderou que a existência dessa amante não era impossível, mas se houvesse, que queria a afilhada que ela, a madrinha, fizesse?

— Quero que a negra seja afastada do governador, minha madrinha. Que seja enviada para longe, depois de receber uma lição para nunca mais cair em outro erro, para o futuro.

A madrinha estava de pleno acordo com o pedido da menina e ia logo-logo tomar as providências. Para ser exata, completou a mulher, já começara a providenciar sobre o caso e assim falando fez sinal para alguém que ia passando. Diante de Ângela surgiu uma pretinha delgada e flexível, de grandes olhos de tragédia, vestida com grosseira camisa que lhe vinha aos joelhos, os pés descalços imundos e as canelas fouveiras marcadas de cicatrizes arroxeadas.

— É esta a tal — proferiu a madrinha como quem cuspisse, fechando um pouco os olhos e inclinando á cabeça. Como movida por uma mola, Ângela pôs-se de pé, o rosto contraído de raiva e, num gesto ameaçador, quase a tocar na cara da pretinha, disselhe energicamente:

— Negra sem vergonha! Se você chegar perto do governador, eu te mando matar. Está ouvindo!

A negrinha permanecia imóvel e como que indiferente aos im-

propérios, o rosto baixo, os olhos rasgados de tragédia, enquanto Ângela continuava:
— Você não se enxerga, negra fedorenta! Com esta roupa horrível, com esses pés sujos, com essa canela de urubu! — E num gesto de incrível agilidade, desfechou na canela da escrava um pontapé com seu sapato de grosso solado. A negra gemeu de dor, seus olhos encheram-se de lágrimas e foi D. Aleixa que ordenou: — Saia, negra! Vá para a cozinha e me espere lá. — Nesse momento, na pele negra da canela da escrava riscava-se uma linha rubra de sangue brotado no lugar do coice da bela Ângela.

Dona Aleixa, num safanão, empurrou a escrava e prometeu solene:
— Pode estar sossegada, meu anjo. Vou dar uma lição nessa negrinha. Vou mandar ela para o melhor lugar que você possa imaginar. Ela irá para a fazenda real de Mossâmedes: vai ter que gramar no machado derrubando mato e na enxada no eito da roça.

Cheia de ódio como estava, Ângela não ria, ouvindo a madrinha que continuou: — Por lá estão os soldados, gente faminta de mulher que vai apagar o fogo desta desavergonhada para toda a vida. — A seguir, apertando ambas as mãos da afilhada, pediu-lhe que ficasse ali enquanto ela ia tomar algumas providências para servir a merenda do sr. governador, que já estava passandos das duas horas.

Por aí, terminadas as audiências, o governador dirigiu-se ao refeitório, onde a mesa estava posta para a merenda. Havia leite e coalhada, café procedente de Santa Luzia com pão feito de trigo de igual procedência, além de broa de milho e queijo fresco. Havia vinho e licores, embora o vinho não fosse muito abundante porque as remessas de bebidas geralmente chegavam a Goiás com o início da seca. Em compensação havia ótimas uvas produzidas na horta do Neiva, alí em Vila Boa. Ângela aceitou participar da merenda por convite do governador, o qual informou a moça do pé em que iam as obras da construção do pavilhão, convidando-a a ir visitá-lo na semana vindoura. A menina aceitou, mas ponderou que deveria levar consigo alguma companhia, talvez a mãe, que isso era uma praxe local. Triste por não poderem ir sós, o conde acabou por conformar-se e ali permaneceram cavaqueando até que saíram passeando pelo corredor do palácio, por entre as numerosas pessoas — escravos, servidores, freqüentadores mais ou menos ociosos — que ali também se apresentavam diariamente, como era o caso dos velhos militares José Luís, Miguel de Arruda Sá e Antônio Faria Costa. Andando, acabaram ambos por se recolherem aos aposentos do governador, onde ficaram até o jantar, que comeram juntos.

Só a noite caída é que Ângela e Lídia resolveram retornar a casa. A menina ia suspirosa e de coração despedaçado. Sua vontade era permanecer ao lado do amado, de quem não queria separar-se, como lhe confessou, e ele de maneira algo misteriosa lhe disse: — Ora, por que não fica aqui definitivamente? Ângela não respondeu. Não apenas estranhou, como não gostou da fala de D. Francisco. "Então, dependia dela semelhante resolução? Sem dúvida que a ele D. Francisco cabia mais do que a ela decidir de sua permanência ou não em palácio."

Foi nesse instante que aos ouvidos de Ângela chegaram ecos de gritos, de ais, de lamentos dolorosos, seguidos de estalar característico de chicotadas.

O governador ficou atento algum tempo e perguntou: — Que é isso? Será aqui no palácio?

Como Ângela não respondesse, ele chamou justamente o tal criado que naquela noite lhe levara ao quarto a negrinha, e que sempre estava à vista, não se sabe por que nem para quê. Chamou-o e lhe fez a mesma pergunta.

O serviçal concentrou-se por algum tempo, tempo em que os lamentos e as lapadas de chicote se faziam ouvir nitidamente, dolorosamente, e respondeu com uma seriedade capaz de convencer ũa montanha: — Não, excelência. Não é aqui. Deve ser na vizinhança. Aqui são todos cristãos e ninguém faz isso.

CAPÍTULO XIII

"Conversando ontem com os meus botões, que são agora os que me fazem corte, por estar esta Vila uma tapera, me ocorreu a proposta de Francisco Ferreira..." [Carta do Governador José Vasconcelos ao vigário de Meia-Ponte, 1776].

AO CHEGAR A CASA, encontrou Ângela o ambiente frio e reservado. Logo que se recolheu para o quarto, ali entrou a mãe, mandando que Lídia se retirasse. O motivo daquela visita a mãe externou sem rebuços, mostrando um papel escrito. Era uma carta anônima dessas de que a sociedade de Vila Boa sempre foi pródiga. Ângela tomou e leu. Não era de admirar o que nela se continha. O admirável era que tivesse demorado tanto a aparecer. O anônimo dizia que não era mais segredo para ninguém que o senhor governador já estava de mulher escolhida na cidade, e que dessa vez a escolha recaíra numa filha de boa família, como permitia o "direito de pernada" de que gozavam os reis e os nobres, com referência a seus súditos. Contudo, que a família Almeida não se iludisse, que o governador tinha outras mulheres, uma das quais era igualmente virgem e residia bem à mão, no palácio, embora fosse de pele preta. Ainda outras existiam e o tempo iria revelar...
"Também não se iludisse a menina Ângela que o governador não se casaria com moça pobre e sem título de nobreza, que os patrões de além-mar consideravam os brasileiros apenas bestas de carga para satisfazer à concupiscência dos europeus."
Ângela leu e releu. A mãe achava que se tratava de pessoa despeitada ou de um desses brasileiros adeptos dos filósofos franceses, embora fosse prudente manter um certo cuidado no namoro.

Com certa irritação, a mãe ponderou: — Acho que você está se deixando levar pelas belas palavras desse europeu. Não convém esquecer que um nobre só casa com outro nobre ou com alguém muito rico. Nós não somos nada disso. Veja lá!
— E o pai, que disse ele? — perguntou Ângela. Dona Potenciana não respondeu logo, como se procurasse acomodar lembranças, mas terminou por declarar: — Seu pai anda muito desconfiado e acho que vigia vocês. Ele está muito preocupado... Ele não confia em D. Francisco...

O velho tempo com sua barba branca, as grandes asas e a ceifadeira na mão, o velho tempo lá se ia correndo pelas ruas vazias de Vila Boa e pelas serras que cercavam a cidade.
Pensando nisso, D. Francisco repetia uma quadra do soneto do Cônego Silva e Sousa, que dizia:

> *"Vai-se o tempo correndo pelos montes,*
> *Na mão a foice, a barba branca ao vento,*
> *Que as grandes asas cortam em movimento;*
> *Matando vai culpados como insontes."*

Durante o dia era o sol, esse sol arregalado caiando tudo de branco, as calçadas de pedras ricas de mica, as paredes caiadas, com os grandes beirais das casas tingindo de negro o passeio junto às construções, os grandes morros verdolengos desmoronando no vale do rio. De noite, a calma, o silêncio com a lua navegando silente no céu sem nuvens e se refletindo nas escassas águas marulhantes do rio Vermelho. Aqui e ali uma ou outra pessoa pelas ruas e praças. No corpo da guarda, o deserto gritava: — Sentinela, alerta!
D. Francisco por estas alturas aceitava aquela antiga observação de Ângela: — Vila Boa é um degredo. — E sempre se lembrava de uma frase atribuída ao ex-Governador D. José de Almeida Vasconcelos, em carta ao vigário de Meia Ponte, onde o grande homem confessava melancolicamente: "Conversando ontem com os meus botões, que são agora os que me fazem a corte, por estar a Vila uma tapera..." Também a ele só lhe restava conversar com seus botões na falta de Ângela ou de outra companhia. Hoje ele

já entendia os Cunha Meneses; Tristão brigando com padres, camaristas e ouvidores; D. Luís enchendo o tempo em desenhar a urbanização da cidade e sua reforma. Afinal se não fossem as brigas teriam morrido de tédio, que o simples policiamento dos indígenas em suas distantes aldeias ou a mera reconstrução de pontes sobre o rio Vermelho destruídas pelas enchentes anuais era muito pouco para tanto e tão largo tempo.

É bem verdade que D. Francisco estava muito empenhado na elaboração de seu plano de melhoramento das condições sócio-econômicas da capitania de Goiás, o qual elaborava de parceria com o secretário de governo Luís Martins Bastos, com o novo Ouvidor Joaquim Teotônio Segurado e o Padre Silva e Sousa, mediante ampla sondagem na experiência e sabedoria de diversos funcionários existentes na Vila, como Tomás Vila Real, Raimundo Nonato Hiacinto e outros. Por força de tais investigações se tornou um perfeito conhecedor da geografia e dos homens de Goiás, de seu tempo e dos tempos anteriores.

O que quebrou a monotonia foram as festas religiosas. Em maio deram-se as cavalhadas, quando D. Francisco, ao receber a argolinha que lhe oferecia um garboso mouro da família Amaral Coutinho, por sua vez ofereceu-a à mais bela jovem de Goiás, Ângela Ludovico, entre vivas e aclamações. Antes houvera as novenas em louvor ao Divino Espirito Santo que culminaram com levantamento de mastros e queima de fogueira, folia de rua, mesada de doces, procissão no domingo de Pentecostes, nomeação de novos festeiros para o ano seguinte. O caráter quase profano de tais festividades reuniu sobretudo escravos e desocupados, os quais tinham em tal ocasião oportunidade de se divertirem, tomando parte nos préstitos formados em torno dos dançadores do batalhão e das mesadas de doces, com matança de um boi do Divino para distribuição entre o povo.

Por essa ocasião teve lugar a inauguração do Pavilhão de Diversões, obra do especial carinho do governador, quando foi distribuída ao povo uma bebida até antes desconhecida e que tinha uma leve parecença com o aluá. Era cerveja, a famosa cerveja Union Jack, diretamente importada da Inglaterra pelo Rio de Janeiro. Ao tempo, fizeram-se muitos e variados folguedos, como danças, disputas de habilidade e força física. Foi uma grande festa, de cujo programa figuraram a esgrima, a luta livre, brinquedos de salão como jogo de prendas, jogo de disparate, quebra-potes, cantinho. Também pela noite adentro se desenrolaram as festas dos pretos e vadios, com rodas de lundus, umbigadas, catiras, jogos de cartas e bebedeira, o que levou o Sargento-Mor Marcelino José Manso e o Capitão-de-Pedestres José Luís da Costa a mobilizar seus quadrilheiros com o fito de prender os mais agressivos e esparramar o restante da malta. Entretanto, a maior parte dos vadios eram os brancos livres e desocupados que se valiam da branquidade para conquistar as pretas e pardas, engravidando-as e as abandonando ao deus-dará. Para tais conquistas viviam de violinha em punho, cantando e dançando, oferecendo, no máximo, alguma caça que abatiam com as espingardinhas de fabricação local. Assim, viviam de fazenda em fazenda, de sítio em sítio, de festa em festa, nem chegando a ser presos e punidos, pois na verdade eram descendentes de pessoas importantes e ricas no passado. Ai de quem botasse a mão em alguns desses vagabundos! Para tal gente, o que lhe era religiosamente vedado era o trabalho, atribuição de negros escravos, e a que eles não se submetiam por considerar humilhante e degradante. O sonho era encontrar uma cata de ouro riquíssima ou achar um tacho cheio de ouro, dos muitos deixados por aí pelos bandeirantes, conforme constava dos inúmeros roteiros que corriam de mão em mão, tachos que estavam assinalados, quando enterrados, por corrente de ferro pendurada em árvore ou em alguma pedra próxima.

 A leitura, pois, de tais roteiros e a busca incessante de tesouro escondido ocupavam a atenção da maioria dos goianos e consumiam o resto da fortuna por acaso ainda existente. Ninguém acreditava que outro tipo de trabalho, como o comércio, a lavoura ou o transporte de mercadorias em tropas pudesse enriquecer ninguém e por isso, tão logo alguém começava a prosperar, logo corria a notícia de haver ele achado um tesouro enterrado num lugar qualquer. Joaquim Alves de Oliveira, de Meia Ponte, estava ficando rico? Ora, quem não sabe que ele encontrou uma pichorra cheia de diamantes nas imediações de Bagagem, gente? Padre Silvestre, de Traíras, era rico porque sonhou que tinha corrente de ferro pendurada na beira do rio das Traíras, foi lá com um escravo, cavou no lugar, e achou a maior fortuna que se podia imaginar!

 Os vadios e desocupados não respeitavam lugar nenhum. As margens dos riachos Bacalhau, Bagagem, rio Vermelho, Fartura,

Fãina, Canastra viviam cheios de gente que ali pescava, pegava passarinhos que eram vendidos na Vila. Também as inúmeras casas em ruínas pelos arredores estavam repletas de vadios e vagabundos, geralmente gente pacífica, mas algo bulhenta e festeira em demasia, amante dos lundus, das cantorias, dos terços, das jogatinas e funçanatas. D. Francisco entendia que infelizmente a vadiagem decorria da falta de ocupação existente na terra e aconselhava paciência e tolerância para com os pobres desocupados, especialmente para com as mulheres tidas como meretrizes e que formavam legiões, todas com os pais inválidos e os filhos doentes e sem nenhuma profissão. Antigamente era comum ver os quadrilheiros aos sábados ocupados em arrebanhar tais mulheres, levá-las para a frente da Câmara Municipal, e ao pé do pelourinho passarem a lhes tosar os cabelos, deixando-as todas de cabeça raspada. Era a marca da prostituição e da degradação social. Agora semelhante prática ficara reservada apenas para as que furtavam ou promoviam escândalo de bebedeiras e atos imorais em público.

Com tais medidas o governador se tornava sempre mais querido e popular, inclusive por sua democracia erótica, pois eram muitas as mulheres que, diziam as más-línguas, eram amantes do jovem governador, quer fosse branca, preta ou mulata, quer tivesse 14 anos ou já passasse dos 50. A coisa servia até de brincadeira. Bastava que alguma barriga feminina estufasse sem uma paternidade bem definida para que a notícia logo corresse que ali dentro estava mais um condezinho em gestação.

Mais uma vez o conde se lembrava das instruções de Gomes Freire que ponderava: "Amparar os pobres é obrigação do governador, mas adverti que nas Minas há destes muitos trapaceiros..."

CAPÍTULO XIV

"... a cadeia estava vazia porque o povo desta cidade (Vila Boa) batia mais com a língua do que com as armas."
[Carta do General Cunha Matos ao ministro da Guerra, 1823.]

O DIABO daquela carta anônima nunca mais saiu da cabeça do Sr. Brás Martinho de Almeida. Trechos perdidos de conversa, vagas alusões proferidas entre fâmulos e funcionários, uma indireta aqui, outras graçolas acolá vinham sempre relembrar e, por que não, confirmar alguns dos tópicos dela, especialmente a notícia da misteriosa cadeirinha que vagava à noite pelas ruas. E foi em decorrência de todos esses murmúrios que ao final o Sr. Brás Martinho tomou uma deliberação. Que Ângela se aprontasse que deveria passar uma temporada na fazenda, perto do engenho do Capitão João José de Freitas Alvarenga, nas proximidades de São José de Mossâmedes.

Foi uma bomba no seio da família. Dona Potenciana achava inconveniente, pois Ângela era moça de cabeça assentada e confessava que entre ela e o conde nada existia além de simples namoro. Ângela, por seu lado, talvez como nunca antes, ousava discordar do pai, a quem pedia resolutamente que não a fizesse deixar a Vila. Entretanto o Sr. Martinho mantinha-se inabalável no seu propósito, entendendo que se houvesse qualquer intenção honesta e sincera da parte do conde, ele viria em busca da moça, com a ausência dela. Seria uma prova e arrematava: — Tem que ir. É assunto encerrado!

Nessa situação, Ângela remeteu logo, por intermédio da mucama Lídia e de D. Aleixa, um bilhetinho a D. Francisco inteirandoo da atitude do pai, e como resposta ouviu murmurações de que as três únicas estradas de acesso a Vila Boa estavam sob indormida vigilância. Nenhum branco sairia da Vila sem ser reconhecido; só os pretos estavam liberados de qualquer reconhecimento. Enquanto tomava conhecimento da tal notícia, o Sr. Brás Martinho expedia novas ordens. Que Ângela vestisse roupa grossa de escravo e pintasse o rosto e as mãos de preto para deixar a Vila pela madrugada. Tais precauções encheram de esperanças o coração de Ângela, que entendeu que o conde contra-atacava.

Ordens dadas, ordens cumpridas. Antes da barra do dia lá se ia a pequena comitiva, na frente o capataz, no meio Ângela fantasiada de escrava e mais atrás a mucama Lídia. Para melhor simulação, o Sr. Brás Martinho não ia junto, seguiria mais tarde. Ângela ia-se remoendo de raiva e humilhações. Já haviam transposto o cruzeiro-sul colocado nos quatro pontos cardeais e delimitadores do patrimônio da Câmara e nenhum sinal de socorro, o governador nada fizera para impedir que o Sr. Brás Martinho a retirasse da Vila. No entanto, teria bastado que ele enviasse um pequeno recado para que o pai desistisse da empreitada; não precisava mais do que uma explicação por mais idiota que fosse para abrandar o orgulho do velho servidor. O que mais doía a Ângela é que imaginava que sua ausência deixaria o campo livre às rivais que poderiam existir, as quais a terrível carta indigitava. O ciúme e o despeito cresciam na mesma proporção do caminho percorrido. Comparando o procedimento do seu querido alferes com o do general, a moça concluía que era tão boa a tampa quanto o balaio: — Homem! — suspirava ela baixinho — os eternos egoístas, os eternos desalmados.

Por esse tempo o sol se erguia por sobre as montanhas e a pequena caravana transpunha a planície chamada das Areias, no sopé da Serra Dourada. O vento serrano soprava rijo e a estrada torcicolava entre blocos de rocha e amontoados de pedras que lembravam ruínas de velhos e misteriosos castelos, onde cresciam tufos de ervas, arbustos e árvores pequenas e retorcidas. A exígua caravana marchava calma e em silêncio, ao passo lento da alimária que ali tinha que andar vagarosamente.

Súbito, uma ordem enérgica. Pateadas de cascos em correria, um retinir de ferros e de armas, a caravana se viu cercada por cavaleiros bem-vestidos, bem montados e melhor armados. Tomado de espanto, o cavalo do capataz relinchou, ergueu-se nos pés traseiros e saiu num galope de bala, por entre as pedras, penhascos e arbustos. Ângela e a mucama, sem compreender direito, viram que alguns homens tomavam suas montarias pela camba do freio e lá se iam a galope, arrepiando caminho, tendo em torno diversos luzidos cavaleiros destros e seguros. Em pouco tempo, em perfeita ordem de marcha, o grupo entrava pelas ruas de Goiás a tais horas calmas e desertas, indo todos apear nas cavalariças do palácio.

D. Francisco recebeu Ângela cortesmente, com a alegria que sempre demonstrava a seu lado. A Aleixa que estava perto determinou que tratasse de ajudar a menina a compor-se e alimentar-se, não sem que antes, a sós a um canto da sala, confabulassem rápida mas veementemente. O que se ouviu foi que o governador recomendava a Ângela que se acalmasse, que descançasse e que em breve o Sr. Brás Martinho a viria buscar ali em palácio para levá-la para casa. E em verdade, não demorou muito, o Sr. Martinho entrava em palácio, o semblante carregado e o ar taciturno de gravidade, a que o governador respondeu no mais alegre e descontraído tom de amistosidade, exclamando: — Ora viva! Mas que grande confusão, meu amigo! Por engano, sua filha foi detida por meus homens: eles a tomaram por uma jovem escrava minha que fugiu ontem. Vê que engano!

— É... sr. governador... mas acontece... — gaguejava entibiado o Sr. Brás, mas o governador atalhou-lhe a fala: — Nada de explicações de tua parte. Eu que as tenho que dar, meu caro, o engano é evidente, ainda mais que tua filha tinha o rosto e as mãos pintadas de negro, confundindo-se com uma jovem escrava...

— Com licença, sr. governador... eu quero... — tentava interferir o Sr. Brás, mas o governador demonstrando o melhor bom humor e fazendo-se de ingênuo: — Nada que explicar. Eu entendo, eu entendo. Na África nossos guerreiros costumavam pintar-se de preto para melhor resistir ao sol.

— É, mas eu queria falar a sós com v. exa., sr. governador.

— Terrível e ridícula confusão, Sr. Martinho! Só rindo, só levando na troça.

— Bem, mas...

— Eu sei perfeitamente, meu querido Martinho, que vossemecê não é homem de trazer as mulheres prisioneiras, como fazem os brutais maometanos em seus serralhos. Desde os tempos de nosso inesquecível D. João V, o Magnânimo, que as mulheres portuguesas desfrutam de pleno gozo de seus direitos, tal qual os homens, podendo até bailar e cantar em público. Estou certo que a menina poderá continuar a praticar todos os atos honestos e permitidos, como sempre fez, que ela é pessoa merecedora da maior confiança de nós todos; e estou certo de que o Sr. Brás Martinho e Dona Potenciana se sentirão honrados e distingüidos por que ela venha a palácio, freqüente as festas por mim promovidas e não se esquive à minha companhia para conversas e divertimentos honestos...

O Sr. Brás Martinho teimava em dizer algo, o governador, porém, ordenou energicamente que o assunto estava sepultado e que a menina Ângela e a mucama fossem recambiadas para casa em cadeirinhas, a fim de evitar qualquer comentário do povo: — E passar bem, meu querido amigo — proferiu o governador numa elegante curvatura, retirando-se para a sala do dossel e deixando-o perdido no emaranhado de palavras denunciadoras de gentilezas e terríveis ameaças, rodando nas mãos o chapéu emplumado. Por fim, o Sr. Brás Martinho retirou-se, depois que D. Aleixa informou que tanto Ângela quanto a mucama já se haviam ido de cadeirinha, conforme ordenara D. Francisco.

CAPÍTULO XV

"Em nenhuma outra cidade o número de pessoas casadas é tão pequeno (1819). Todos os homens, até o mais humilde obreiro, têm uma amante, que eles mantêm em sua própria casa." [*Viagem à Província de Goiás*, A. DE SAINT-HILAIRE.]

FOI APÓS aqueles folguedos e incidente, já com agosto entrando, que Ângela revelou à sua mãe o segredo — estava grávida.

Embora a gravidez e o parto de mulheres solteiras fossem acontecimentos corriqueiros na sociedade vila-boense, tanto Dona Potenciana como o Sr. Brás Martinho sentiram-se magoados e ofendidos com a notícia. É que eles se formavam dentro da exígua classe média ali existente, constituída de funcionários públicos (filhos da folha), civis e militares dos escalões médios-inferiores, dos pequenos comerciantes e artesãos — classe que era forçada a seguir severamente as prescrições legais e religiosamente as convenções sociais para não se verem desmoralizados e perseguidos. A inobservância do casamento e da formação regular da família ficava adstrita aos altos dignitários da Coroa, do clero e dos militares de elevada patente, bem como aos grandes comerciantes, agricultores e mineradores; também os escravos e vadios estavam liberados das exigências legais e convencionais para bem viver e bem proceder. Para tais camadas da população, viver era uma aventura de cada momento, dando-se por muito feliz aquele que pudesse comer alguma coisa ou botar sobre a pele alguma vestimenta por mais esfarrapada que fosse.

Por isso, os pais de Ângela receberam a notícia com constrangimento. Queriam que a filha tivesse um casamento regular, feito na igreja, com presença de amigos e conhecidos, para depois criar os filhos, ainda que o marido não fosse nobre nem rico. Mas o desgosto tinha que ser mascarado, mascado e engolido em segredo. O pai da criança era o homem mais poderoso da capitania e quiçá do reino, verdadeiro representante do rei ou do príncipe regente. De uma certa maneira, era uma honra e uma glória para Dona Potenciana e o Sr. Brás Martinho serem avós de um filho de sua exa., o senhor Conde da Palma, filho de D. José de Assis Mascarenhas Castelo Branco da Costa e Lencastre, 4º Conde de Sabugal, senhor dos Paços de Sabugal e de Palma, 9º alcaide-mor de Óbidos e Selir e de sua mulher D. Helena Maria Xavier de Lima, filha dos primeiros marqueses de Ponte de Lima, do conselho privado de sua majestade real D. José I, de Portugal. O diabo porém era que geralmente esses nobres nem se casavam com plebeu, como era o povo de Ângela, nem reconheciam os filhos. Glória vã, pois! Mais do que isso: era um grande estorvo porque eles, os pais, tinham que arcar com mais esse neto para criar, tratar, educar etc., com o risco de a mãe do menino não encontrar outro casamento (fato bastante provável num lugar em que casamento era coisa muito proclamada, mas pouquíssimo praticada).

Para o Sr. Brás Martinho acrescia uma particularidade da maior gravidade. Dom Francisco tinha se apresentado como amigo do irmão de Ângela, qualidade que fez com que o Sr. Martinho o visse sem qualquer reserva e como se fosse amigo da família. Entretanto, urgia segurar a língua e refrescar o sangue, que a vingança delrei sempre fora dura por demais. Ângela era bastante nova e talvez não soubesse, mas o Sr. Brás Martinho ouvira muitas vezes outrora a história que se contava do suplício da Marquesa de Távora, mãe da amante de D. José I, e que fora apontada como implicada no atentado à vida do rei e condenada à degola. O pai de Ângela se recordava de uma narrativa que lia e que assim contava o episódio:

"Trajava-se (a Marquesa de Távora) de cetim escuro, fitas nas madeixas grisalhas, diamantes nas orelhas e num laço dos cabelos, envolta em uma capa alvadia, roçagante. Assim tinha sido presa um mês antes. Nunca lhe tinham consentido que mudasse camisa nem o lenço do pescoço. Receberam-na três algozes no topo da escada, e mandaram-na fazer um giro no cadafalso para ser bem vista e reconhecida. Depois mostraram-lhe um a um os instrumentos das execuções, e explicaram-lhe por miúdo como haviam de morrer seu marido, seus filhos e o marido de sua filha. Mostraram-lhe o maço de ferro que devia matar-lhe o marido a pancadas na arca do peito, as tesouras ou aspas em que se haviam de quebrar os ossos das pernas e dos braços ao marido e aos filhos, e explicaram-lhe como era que as rodas operavam no garrote, cuja corda lhe mostravam e o modo como ela repuxava e estrangulava ao desandar do arrocho. A marquesa então sucumbiu, chorou muito ansiada, e pediu que a matassem depressa. O algoz tirou-lhe a capa, e mandou-a sentar num banco de pinho, no centro do cadafalso, sobre a capa, que dobrou devagar, horrendamente devagar. Ela sentou-se. Tinha as mãos amarradas, e não podia compor o vestido, que caíra mal. Erguendo-se, com um movimento do pé consertou a orla da saia. O algoz vendou-a: e ao pôr-lhe a mão no lenço que lhe cobria o pescoço, — 'não me descomponhas' — disse ela, e inclinou a cabeça que lhe foi decepada pela nuca, de um só golpe."

Estava aí o que era um rei: fazia rolar pelo chão do cadafalso a face que ainda na véspera beijava tremendo de emoção e desejo! Quanto ao Duque de Aveiro, considerado o maior responsável pelo atentado ao rei, ordenava a sentença "que seja levado à Praça do Cays do Lugar de Belém e que nela em hu' cadafalso alto, que será levantado de sorte que o seu castigo seja visto de o povo, a qm. tanto offendeo o escandalo do seu horrorozissimo delicto, depois de ser rompido vivo, quebrando se lhe as oito canas das pernas, e dos braços, seja exposto em hu'a roda para satisfação dos presentes, e futuros Vassalos deste Rno.; E que depois de fcita esta execução seja queimado vivo o mesmo R. com o dito cadafalso, em que for justiçado até que tudo pelo fogo seja reduzido a cinza, e pó, que serão lançados no mar, para que dele, e de sua memória não haja mais notícia."

Ângela, contudo, procurava minorar a gravidade e talvez a gravidez explicando que na verdade estava apaixonada pelo governador, que em momento algum se falara em casamento ou em legitimação de filhos, e que tudo se passara com pleno consentimento e conhecimento dela Ângela. O governador jamais forçara qualquer situação e se ela ficara grávida foi por sua única vontade. Nada podia queixar, nem de nada podia acusar o amante.

Essa conversa em nada alterou o ânimo burguês do Sr. Martinho, que via naquilo a perda de um bom casamento para a filha e a oportunidade de ver a vida doméstica mais aliviada por uma despesa a menos. Mandava a prudência que se tivesse tolerância. Que medidas poderiam ser adotadas? Poder-se-ia, por acaso, obrigar o governador a casar? Isto era impossível: o homem era muito poderoso. Poder-se-ia expulsar a filha de casa ou matá-la de pancadas? Também isso ele não faria como pai, e se o fizesse tal atitude só serviria para agravar a situação. O caminho a seguir era apenas um — ocultar o fato e tentar obter o casamento, a princípio, e depois a legitimação do filho.

Quanto a Dona Potenciana, no fundo não levava muito a sério o problema. Seus ascendentes, provindos de velhos troncos italianos de Roma, traziam na cultura certa sagacidade milenar, que a levava a, de maneira confusa e obscura, enxergar em tudo vários caminhos floridos. A verdade é que o pai da criança era um grande homem, de uma família ligada aos Braganças, isto é, à casa reinante portuguesa, gente rica, fidalga, vaidosa, orgulhosa de seu sangue e de suas tradições. Enfim, havia muita coisa a que se agarrar e muita riqueza que saber aproveitar. Femininamente, com alguma lágrima, com carinho e palavras ambíguas, acalmou o brio lusitano meio inútil do marido. Agora, o que se devia fazer era manter o segredo, permitir que Ângela mais se aproximasse do amante, enleá-lo, torná-lo dependente dela, tudo isso talvez possível agora quando a menina estava totalmente apaixonada. Ao mesmo tempo, cumpria não desprezar as menores e maiores coisas, como pegar com Santo Antônio e com as almas do Purgatório, encomendar rezas, benzeções, feitiços e simpatias, convocando os poderes do céu e do inferno. Certamente que para tanto a ajuda da madrinha Aleixa era grande valia. Seria a mais indicada para ministrar ao conde algum café ou chá preparado com toda perfeição e coado nalguma peça íntima da moça devidamente marcada por mucos e secreções bem encorpados. Deus haveria de ajudar! E o diabo também, com o poder da Virgem Santíssima. Dona Potenciana também não esquecia de rogar às potências invisíveis que acalmassem o coração do marido e o fizesse aceitar os fatos como eram. Tolice, arrematada loucura era tentar o Sr. Brás Martinho pôr em prática suas maquinações. Seria lá possível interpelar o governador sobre as ligações com Ângela?! A tomar semelhante atitude teria que ir disposto ao pior: talvez desafiar o conde para duelo, talvez ali mesmo tirar a desforra a golpes de punhal ou a tiros. Tudo, tudo imaginação desvairada, que bastava um gesto, uma palavra do conde para prender, deportar, matar ou desmoralizar. Ora, se nem os nobres, como eram os Távoras, os Aveiros, os Atouguias foram poupados, que estrela, que santo iria acobertar aqueles pobres mineiros de Goiás? Ainda fora de ontem a tentativa de retirar a menina da Vila e, no entanto, em que deu? Deu em nada, que o governador impediu. Era preciso conter. Dado o mau passo, impossível consertar o erro e as conseqüências advindas das perseguições dos poderosos era a pior coisa do mundo. Antes um neto ilegítimo, antes a filha como concubina, mil vezes, do que o chefe da família levado à forca ou ao exílio em África.

Depois, estaria Ângela grávida de fato? As mulheres enganamse freqüentemente nesse assunto. Cumpre ter paciência, esperar algum tempo, deixar as coisas tomar pé; Deus nunca desamparou seus filhos e não há bem que sempre dure, nem mal que não se acabe.

Assim, como veio à tona entre as quatro paredes do quarto, ali também foi sepultado o assunto. E tudo prosseguiu como dantes-no-quartel-de-Abrantes. Com pequena ruptura, é claro.

III
Prostração

CAPÍTULO XVI

SEMPRE inquietadoras as notícias de Portugal, embora chegassem a Goiás com atraso de mais de seis meses. Contudo eram novidades. As conseqüências do auxílio prestado por Portugal à Inglaterra na campanha naval do Almirante Nelson agravaram-se cada vez mais e depois das humilhações impostas aos portugueses pelo embaixador General Lannes, vinha Junot com maiores opressões e exigências mais vexatórias. Diante disso, era coisa certa que a sede do governo português deveria transferir-se para o Brasil, como opinavam o ministro inglês em Lisboa e o conde de Linhares, D. Rodrigo de Sousa Coutinho, tudo dependendo tão-somente do momento propício. Se em Portugal reinava a insegurança no tocante ao destino e futuro do reino português, tal estado de espírito não deixava de refletir-se em Goiás, de onde D. Francisco pensava sair o mais cedo possível. Por seus cálculos, ao completar o segundo ano de governo, o que aconteceria em fevereiro de 1806, ele já estaria solicitando o afastamento de Goiás. Havia promessa de que deveria ocupar igual posto na capitania de Minas Gerais, ao tempo ainda a mais rica de todo o império português na América.

Antes, entretanto, de que tal transferência ou tais transferências (dele para Minas e do Reino para o Brasil) se efetuassem, era importante encher o tempo, esse tempo tão difícil de passar em Goiás. Felizmente que a seca chegara ao fim, que as queimadas se apagaram nas encostas dos altos morros que rodeavam a Vila, diminuindo igualmente a densa fumarada, as cinzas e carvões que o vento carreava para a cidade transformada num forno vivo de calor e sufocamento. Por fim, a estação das águas chegou e dentro em breve o aguaceiro ameaçaria as pontes e as casas. Antes a chuvarada que a seca sufocante e tão insuportável.

É bem verdade que o tempo baço, as chuvas sonolentas tornavam mais insípida a vida, fazendo maior o deserto e o paradeiro, que transformavam Vila Boa numa cidade abandonada, com a vegetação crescendo nas ruas e largos. As visitas de Ângela escasseavam cada vez mais. Ela estava com o ventre crescido e esperava o filho para o começo do ano. Talvez o nascimento da criança coincidisse com o aniversário da chegada de D. Francisco à Vila. Bela comemoração!

Talvez pela gravidez, talvez pela melancolia do tempo, talvez pela lentidão com que tudo se movia ou se arrastava em Goiás, o certo é que as relações entre os dois amantes deixaram de ser o céu aberto de outrora. Sempre que podia, Ângela se referia ao casamento ou ao filho, cuja legitimação exigia. Dom Francisco se admirava da maneira incansável e firme com que tratava o assunto, permanentemente numa teimosia que chegava a ser irritante. Tudo começou inesperadamente, numa noite em que ele, interrompendo um pouco suas carícias, reparou no corpo da mulher e lhe disse: — O filho tem crescido, hein!

Até aí ela nunca lhe falara do filho, mas parece que achou o momento oportuno e respondeu: — É, o menino está para nascer e como é que vão ficar as coisas? — Dom Francisco fingiu não entender e apenas fez um gesto de quem dizia: "Não muda nada."

Ângela não gostou. Sem alterar a fisionomia, foi positiva, argumentando que amava D. Francisco com toda a sua força e com toda a sinceridade. Que se aproximara dele atraída pelo seu encanto pessoal e pelo carinho que sabia externar. Mas que agora surgia aquele filho e que ambos eram responsáveis pela existência dele e por seu futuro. Assim, ela queria saber se D. Francisco pretendia casar com ela e legalizar a existência do filho. O nobre agora é que demonstrou certa estranheza: — Afinal estamos juntos havia quase um ano e tal assunto nunca viera à baila, portanto...

— É verdade — explicou Ângela — mas tanto eu sabia que nosso amor podia gerar filho, como certamente você não ignorava isso.

— Sem dúvida, minha bela.
— Pois é — prosseguiu a moça. — Acontece que eu esperava que partisse de vosmecê a iniciativa de casamento.
Dom Francisco deu um suspiro irônico: — Ah! as mulheres! são sempre as mesmas, quer seja em Lisboa, Paris ou Vila Boa! Vocês estão sempre a nos armar laçadas, querem sempre pegar o seu homem, o seu partido. — O tom não se sabia bem se era de troça ou de severidade. Ângela, porém, entendeu melhor rir-se para não tornar as coisas mais difíceis, voltando, entretanto, à carga:
— Não. Não é bem assim. Por mim, enquanto o amor era um assunto apenas de nós dois, eu não tive nenhuma exigência a não ser que me amasse e não repartisse o amor com outras; mas agora há um terceiro ser na história e eu acho que a ele devemos muita atenção. Aliás, devemos toda atenção — completou Ângela depois de pequena pausa.

Dom Francisco estava irritado e respondeu com aspereza: — Sempre com subterfúgios, sempre com embustes... O nosso filho nada exige nem requer. Quem está exigindo és tu e mais ninguém.

Ângela era segura de si e sabia conversar. Não fora criada apenas como uma bonequinha que sabia ser nos seus momentos de perfeita feminilidade. Era o terceiro filho do casal. Os dois mais velhos eram homens que muito cedo afastaram-se de casa e ela foi quem ficou com o pai, ajudando-o nos trabalhos tanto de engenharia, quanto de lavoura e comércio. Era uma mulher jovem, bonita, experiente e resoluta, habituada a enfrentar negócios na ausência do pai e foi com base nessa experiência que prosseguiu: — Pois meus direitos e os de meu filho ninguém tira. Luto por eles até o derradeiro alento, seja contra quem for.

— Epa! Quanta valentia! — quis brincar o conde. Mas a mulher continuava e perguntou: — Olhe aqui. Que é que o impede de casar comigo? Já é casado? Vosmecê me disse que não era casado!

— Deveras não sou casado. Sou totalmente livre. Tu entretanto sabes muito bem que existem certas exigências especiais para o casamento de nobres ou reinóis, não sabes? Só devemos ou só podemos casar com mulheres de sangue limpo, sem mestiçagem, e que apresentem títulos de nobreza iguais ao nosso. — E como Ângela o encarasse com ar zombeteiro, o conde achou necessário

acrescentar: — Queiras desculpar que fale assim, mas deverias e deves saber disso, pois não?
Num repelão, Ângela ergueu-se de onde estava e com o sorriso mais galhofeiro que sabia rir, apenas sacudiu a cabeça para um e outro lado, como a dizer: "Que decepção, meu nobre!"
— E então? — disse D. Francisco.
— Vocês é que são uns pulhas. Sinceramente não compreendo por que vocês portugueses não se recusam a ter filhos até com escravas, enquanto se negam a casar com brasileiras como eu.
— Não é casar com brasileiras.
— Não senhor. É casar com brasileiras. Eu sou tão portuguesa quanto você e sou mais útil a Portugal vivendo em Goiás do que toda essa nobreza enfatuada que nada constrói, que nada faz! — Tais afirmações atingiram os brios do nobre que se pôs de pé e formalizou-se em severidades: — Espera, Ângela. Permite que lhe explique... ouve...
— Acho que não tem explicações.
— Tem, sim. Espera aí. Eu não estou negando-me a casar contigo, o que pretendo dizer é que no momento isto é impossível pelos preconceitos existentes. Mas eu te amo, eu quero ter-te como minha esposa; quero-te como mãe de meus filhos. Para isso, temos de esperar que o reino se mude para cá, o que acontecerá brevemente. Aí nós nos poderemos casar e viver felizes. — Como a moça demonstrasse incredulidade nessa atitude do conde ele confirmou que desde já pedia que ela viesse morar com ele em palácio, como marido e mulher.

Ângela, entretanto, com risinho de mofa, apenas movia a cabeça em sinal de negação. E foi tomando o xale de sobre a cadeira e nele se embrulhou, enquanto deixava o recinto, dirigindo-se para onde devia encontrar a madrinha, a quem pediu que a mandasse levar a casa imediatamente.

Ao chegar em casa, a primeira coisa que a menina fez foi chamar a mucama e ordenar-lhe que trouxesse à sua presença o Padre Trovão, conhecido como o melhor advogado e que por mais de uma vez defendera os interesses do Sr. Brás Martinho. Ângela com ele se trancou no quarto e com ele conversou por largo tempo. O que o Padre Trovão dizia era que, em verdade, afora o dever de ordem moral, nada obrigava o nobre a legitimar o filho, nem casar com Ângela. Informou também que não havia nenhuma lei que impedisse um nobre de casar com qualquer mulher por motivo de sujeira de sangue, ou raça, ou genealogia, ou questão de riqueza e pobreza, desde as leis pombalinas. Tais impedimentos eram ilegalmente levantados pelas irmandades religiosas ou pelo interesse político ou financeiro das pessoas que invocavam tais interditos. Por fim, que Ângela talvez pudesse conseguir a legitimação do filho por intermédio do prestígio do avô, velho general residente no Rio de Janeiro, credor de grandes serviços feitos a sua alteza a rainha D. Maria.

O advogado ainda explicou que o processo de legitimação era trabalhoso e vagaroso, dependendo da mercê real, na qual a força dos nobres pesava muito, sobretudo naquele momento de lutas contra Napoleão, em que se procurava restabelecer a supremacia absoluta da metrópole sobre as colônias. Deixava ao fim um conselho. Seria melhor manter relações com o nobre e obter dele o favor da legitimação do filho. Quanto ao casamento, achava quase impossível, salvo se os santos ajudassem muito, mas muito mesmo. Era, pois, apegar-se com Deus e os nobres.

Ângela ouviu e ficou quieta. No íntimo, pensava: "Esse padre não me conhece e o patife desse nobre muito menos. Nobre de uma figa, que veio correndo de medo de Napoleão Bonaparte!"

CAPÍTULO XVII

"Os irmãos que se receberem hão de ser sem nenhum escrupullo limpos de geração, ou sejam nobres oufficiaes e assim não terem huns o outros rassa de judeo; o de Mouro, o de Muiato, ou de novo convertido de alguma infecta nacção, sejam tão bem livres de infamia ou por sentença, ou pella opinião commua, e o mesmo se entenderá das mulheres." [Compromisso da Irmandade do Senhor dos Passos da Freguesia de São José do Rio das Mortes, cap. XV, 1721.]

COM A LEAL mucama a seu lado, Ângela estava de joelhos aos pés da imagem de Senhora Santana, sua madrinha e padroeira de Vila Boa, a quem voltava a pedir que a guiasse naquele transe. A mãe, aflita, queria conversar com a filha, mas Ângela apenas dizia que no outro dia falariam, que naquela noite estava sentindo-se mal. Diante dessa informação D. Potenciana fez rapidamente um chá de folha de laranjeira e trouxe para a filha, que pediu à mãe que não se afligisse. Havia tido um pequeno desentendimento com D. Francisco, estava nervosa, irritada, mas que tudo não passava de rusga de namorados.

— É verdade, minha filha. Homem é preciso paciência com eles.

Já era tarde da noite quando a mucama acordou ouvindo que alguém chorava. Tomou tento de si e à meia luz da lamparina de azeite viu a menina ajoelhada aos pés da santa, chorando convulsivamente.

— Que foi, minha filha? Sente alguma dor?

— Não. — respondeu com impaciência. — Só quero que me deixe em paz. Quero chorar, Lídia, preciso chorar.

— Mas, menina, você nunca chorou, ainda mais com prantina tão dolorida — e também a mucama se pôs a chorar. Ângela deixou o pé da santa, abraçou-se com a companheira e lhe disse:

— Você já teve dor de amor, você já se sentiu apaixonada por alguém que a desprezou?

— Ora, nhanhã, homem ou mulher que nasceu de mulher, se falar que nunca teve dor de amor ou está mentindo ou não é gente deveras. Dor de amor é que mantém o mundo.

— Pois é, Lídia. É por isso que choro — e aí, retomou o pranto com maior desespero. Não gritava: suspirava, contraía o rosto e os músculos e deixava as lágrimas rolar. Talvez para deixar a moça mais à vontade, a preta disse que ia, às escondidas, preparar um chazinho para ambas.

— Pode ir, mas não acorde ninguém, nem dê alarme, está bem?

Agora só, Ângela chorava mais à vontade e com a maior largueza, se tal fosse possível. A madrugada ia alta, duas horas, quem sabe? Aquela era a terceira noite que Ângela passava em claro, remoendo — como o fizera durante todo o dia — as palavras de D. Francisco, tentando reconstituir fielmente seus gestos, suas atitudes, os movimentos do rosto e do corpo. E por mais que pensasse e repensasse, a conclusão a que chegava era sempre a mesma: era inaceitável a atitude do conde D. Francisco. Não casar! Não legitimar o filho! Então que idéia fazia ele dela e de sua família — os pais, os irmãos! Ah! era um desalmado, um orgulhoso que julgava os brasileiros com simples animais para trabalho e para gozo, como dizia a carta anônima. Ora, faça idéia! Como teria ele dito? Não podia casar ou só podia casar com mulher de sangue limpo, sem mestiçagens, e com título de nobreza igual ao dele! Era o máximo do desaforo. Para lhe dizer palavras de amor que tanto repetira antes, não se lembrara de nada disso. Pois ele se enganava! Ela, Ângela, era mais portuguesa do que ele, esse conde que ali estava correndo de medo de Napoleão; os brasileiros eram tão mais portugueses que, como ela ouvira do próprio conde, era aqui no Brasil que o rei vinha pedir proteção e abrigo. Europeus de uma figa!

E pela décima, vigésima, milésima vez Ângela voltava ao ponto de partida, tentando relembrar exatamente as palavras, os gestos e a intenção do jovem conde.

Agora, quem não aceitava casar era ela. Iria tudo fazer para legitimar o filho, de quem ele era pai. Mas ainda mesmo que o próprio rei pedisse, não se casaria com aquele orgulhoso, soberbo, presunçoso e besta. E aprofundando bem a análise do próprio comportamento, Ângela percebeu que na verdade o amou muito e ainda o amava demais. Que ele fora encantador e que os meses que viveram foram de grande felicidade, mas agora tudo chegava ao fim e que talvez ela chorasse e lamentasse mais por mera vaidade de mulher. Ela chorava não poder aparecer aos olhos de Vila Boa como aquela que conquistara o coração de D. Francisco, o moço nobre e poderoso chegado de Portugal. Talvez chorasse não tanto pelo amor perdido quanto pelo orgulho ferido por sentir que amanhã ou depois outra mulher fosse gozar os carinhos e delicadezas que ela supunha fossem apenas dela e para ela unicamente. Talvez tivesse sido por isso, talvez para castigar o gesto do ex-quase noivo José Jardim, que não lhe respondeu ao convite e à carta.

De qualquer forma, a solução que a Ângela pareceu correta foi a de riscar aquele homem de sua vida, enfrentar o futuro com altivez e dignidade, criar o filho, educar e, por que não casar?, casar futuramente. "Quem sabe, o meu sisudo alferes?"

Quando neste momento entrou Lídia com o chá fumegando e duas xícaras, teve esta expressão: — Benza-o Deus, benza-o Deus! Ela pedia a bênção divina para o riso desbotado da menina, a qual sentia nessa exclamação da escrava uma espécie de aprovação de Deus ao pensamento que no instante povoava sua cabeça e coração tão sofridos. "E se Francisco tivesse morrido, não teria eu que me conformar com sua ausência?" Pois para mim, Francisco morreu hoje, aqui, nesta noite terrível de insônia, de medo, de vergonha, de orgulho ferido e de revoltante repulsa."

Mais ou menos em silêncio, mucama e sinhá chupitaram a cheirosa infusão de folha de erva-cidreira, ambas se recostaram em seus travesseiros, e daí a pouco Lídia procurava puxar uma coberta sobre a menina, que a madrugada esfriava. E bendizia os valores terapêuticos de uma coisa tão corriqueira como um chá de folhas.

CAPÍTULO XVIII

"Em 1799, atendendo a ordem do Reino, o capitão-general D. João Manoel de Meneses, ao contrário de vir para Goiás pelo caminho do Sul, o fez por Belém do Pará, via Tocantins-Araguaia. Sai de Belém a 1º de setembro e chega a Santa Rita do Rio do Peixe (14 léguas distante de Vila Boa), no dia 18 de fevereiro do ano seguinte (1800), cinco meses e meio de viagem e vencendo mais de 400 léguas (2.400km). Nesse período, afora o contato com dois grupos indígenas ao longo do percurso, a expedição não encontra nenhuma outra pessoa." [*As comunicações fluviais pelo Tocantins-Araguaia no séc. XIX*, da Profª DALÍSIA DOLES]

DOM FRANCISCO preparava-se para partir para Santa Rita do Rio do Peixe, de onde sairia a expedição fluvial que pretendia estabelecer a comunicação entre Vila Boa e Belém do Pará, para daí chegar ao mundo inteiro. Era preciso aproveitar o fim das águas, quando o rio do Peixe ainda estava com seu volume aumentado, que isso favorecia a navegação. Aliás só assim era viável, como afirmava o experiente Tomás de Sousa Vila Real.

A comitiva que ia para inaugurar a linha de comércio era numerosa, nela estando incluídos o Intendente do Ouro Florêncio José de Morais Cid e o Major Marcelino José Manso, além de furriéis, soldados, serviçais e escravos. Também ia o criado de quarto, o fiel Penha, cercado de malas e volumes do amo governador. Era uma expedição soberba, à frente da qual um porta-bandeira anunciava que se tratava de uma comitiva real. Antes de deixar Vila Boa, D. Francisco tentara por quatro ou cinco vezes avistar-se com Ângela, mas em vão. Da última vez lhe mandou uma carta cheia de declarações amorosas, na qual explicava que adiara a viagem diversas vezes para assistir ao nascimento do filho, mas que agora não podia protelar mais. Esperava que o nascimento se desse depois de sua volta; mas pelo sim, pelo não, deixava ali os votos por uma boa hora. Dizia que tinham assuntos importantes que tratar e que exigia um encontro com ela ao retornar.

E lá se foi, atrás do estandarte real tremulante aos ventos daquele final de águas e entrada de outono, rumo ao porto do rio do Peixe, a luzida cavalgada. Até o rio dos Bugres, depois de passar o Ferreiro, onde pernoitaram, a região apresentava sinais de vida e de habitação humana. Daí para a frente porém era em verdade o deserto. Fazia um ano que o governador chegara a Vila Boa, vindo de ponto justamente oposto àquele para o qual se dirigia naquele momento. No entanto, em todo o percurso que fizera desde o registro de Arrependidos, na fronteira de Minas Gerais, até Vila Boa, encontrara apenas dois estabelecimentos agrícolas prósperos, os quais pertenciam a altos funcionários da Coroa e da Igreja. Todos os demais ou eram pequeninos ranchos de palha perdidos no ermo e arruinados, ou habitados por famílias miseráveis que só possuíam um pouco de milho para vender às tropas de muares que por ali passavam. Encontrara também fazendas que haviam sido recebidas pelo poder real como pagamento de tributos atrasados, os quais haviam sido cobrados com ilegal exorbitância pelos ministros e desembargadores do rei. Outros estabelecimentos agrícolas jaziam abandonados porque os donos preferiram morar em lugares mais afastados, onde pudessem viver fora do alcance dos ouvidores, dizimeiros e autoridades eclesiásticas. É bem verdade que se isolando por tal forma, o homem ia perdendo o contato com a civilização, esquecia os princípios religiosos e as regras de civilidade, bem como o uso da linguagem escrita, retornando à barbárie. Mas a única forma de viver mais ou menos em paz era essa, incluindo-se entre os problemas afastados o dos vadios.

   Como contaram ao governador, famoso ficara o Ouvidor Antônio de Lis pelas extorsões cometidas em toda a comarca, atirando à miséria centenas de agricultores. Contra tão sinistra figura tomou providências D. João Manoel de Meneses, fazendo-o devassar pelo ouvidor de Mato Grosso e obrigando-o a repor quantias extorquidas através de custas ilegais, medidas que se estenderam a outras pessoas. Infelizmente, porém, o rei de Portugal não aprovou os atos de D. João Manoel, pois Lis era protegido do ex-Governador Tristão da Cunha Meneses, irmão de Luís da Cunha Meneses, valido dos grandes da Corte por reconhecida subserviência, no governo de Minas Gerais.

Também famoso se tornou o Sr. Antônio Francisco Alexandria que arruinou com execuções abusivas distritos inteiros. Por sua prepotência e desonestidade despovoaram-se os distritos de engenhos e fazendas de criar, que hoje são taperas, e as famílias que deles viviam vieram engrossar o batalhão de mendigos, desocupados e prostitutas tão abundantes na terra. Por toda parte viam-se as chamadas "fazendas reais", isto é, fazendas que nada produziam e que foram confiscadas pelo rei em pagamento de dívidas insolváveis.

Bem dizia D. José de Vasconcelos, alguns anos antes: "O quinto empobreceu Goiás, o dízimo acabou de matá-lo."

Aqui, por onde agora passavam, o panorama não diferia: buracos à margem dos rios atestando antigas catas exauridas, pela vastidão dos campos as fazendas em ruínas, habitadas por morcegos ou por gente paupérrima, que já nem mais conhecia o sal como tempero dos alimentos, que se vestia de molambos, permanecendo nus durante as viagens ou quando estava em casa ou no trabalho das roças.

Nesse segundo dia de viagem, o pouso fora depois do ribeirão dos Bugres, já bem adiante, às margens do rio Ferreiro, afluente do rio Vermelho, em cuja barra ficava o chamado porto de Tomás de Sousa. O local era aprazível. O solo em suave lançante a partir do rio, cobria-se de grandes e frondosas árvores, em que predominavam angicos, jatobás e pau-d'óleo. As margens do rio de águas claríssimas eram formadas de grandes penhascos no meio do areal.

Estabeleceram-se os homens em grupos, obedecendo à condição e à hierarquia social. A meia distância do rio e do mato armouse a grande barraca em que se acomodavam o governador, o intendente, o Coronel Manso, Sr. Penha, seguidos do ajudante-de-ordens, serviçais e escravos de confiança; mais perto do mato ergueram sua barraca os tropeiros, arreeiros e camaradas livres, ficando a borda da água ocupada pelos cozinheiros, enquanto que para um lado ficaram os soldados que marchavam a pé, como a maior parte dos empregados e criados. Cada grupo tinha sua própria cozinha e seus próprios meios de acomodação, que eram precaríssimos, à exceção do grupo do sr. governador.

Como fosse um pouco cedo e percebessem que a caça ali era abundante, o governador, mais um soldado e um escravo saíram para caçar. Para pescar havia um grupo especializado que já estava em plena atividade. O governador levava moderníssima arma de caça provida de gatilho e pedernal, a qual dispensava os lentos e dificultosos morrões mais usuais. Era à tardinha e internaram-se no mato adjacente em busca de uns mutuns, cujos pios dali se ouviam, chamando-se uns aos outros e assim denunciando aos caçadores o lugar de pousada. Em breve a rápida carabina matava meia dúzia deles, pondo em debandada o resto. De repente, duas outras grandes aves pousaram num galho baixo e o soldado que acompanhava o governador veio pedir-lhe insistentemente que matasse aquele bicho. Debalde o conde desperdiçou três tiros que só fizeram espantar as grandes aves, e deixaram o pobre soldado muito triste. É que as aves eram inhumas, e o que o soldado pretendia era retirar o chifre que elas trazem no cocuruto, amuleto que resguarda seu detentor contra maus-ares, maus-olhados, mordedura de bicho-ruim, além do osso do peito que é infalível para amor contrariado ou paixão recolhida.

Vai daqui, vai dacolá, quando se deu por fé já era noite caída, e ninguém sabia para onde ficava o pouso, do qual não vinha o menor ruído ou qualquer outro sinal, apesar dos cachorros que lá ficaram aos latidos e ganidos. A noite não era clara, o céu encoberto não permitia ver qualquer astro ou constelação indicativos de rumo. Os três caçadores foram andando ao léu, com o soldado muito apavorado. Ali, segundo ele, era o caminho dos índios canoeiros e outras tribos selvagens, que nessa quadra do ano costumavam vagar em caçada e eram terrivelmente ferozes e agressivos. Por mais que o governador e o ajudante tentassem animar o soldado, cada vez ficava ele mais atemorizado. Como dizia, os caboclos deviam estar por perto. Não viram durante o dia as colunas de fumaça que se erguiam no horizonte, para o noroeste? Pois eram as aldeias deles, os terríveis xavantes e caiapós!

— E as chaminés? — balbuciava quase choramingando. Por chaminés chamava ele as cintas de capim colocadas no alto do espique dos coqueiros, arteirice dos caboclos para pegar os brancos. Aquilo servia para indicar rumo e servia de aviso: quando pretendiam atacar, incendiavam essas cintas de capim que os guiavam durante a noite e convocavam todas as tribos guerreiras. E assim, sob o temor dos índios, das feras e da escuridão, rondavam os três na cegueira da noite, dando gritos, chamando e disparando as armas, sem encontrar nenhuma resposta indiciadora do rumo do pouso. Por fim, cansados e desnorteados, resolveram parar, assentarem-se, pensar um pouco mais calmamente, e foi aí que apareceram focos de luz vagando por aqui e por ali, gritos, chamados — eram os companheiros do acampamento que vinham em procura deles. Como sempre acontece, o acampamento estava mesmo ali; bastava transpor ou contornar aquele morrote na frente...

A visão do pouso era uma cena impressionante. Grandes fogueiras alumiavam o ambiente agreste e solitário, todo impregnado do cheiro dos espetos de carne e de peixe que fumegavam nos braseiros crepitantes. Os troncos das árvores, as grandes copas negras, as redes armadas, as barracas erguidas e os homens que enchiam o espaço criavam um contraste de sombra e luz que dava um ar de mistério e fantasia a tudo, fazendo D. Francisco recordar-se de algumas páginas lidas sobre a vida dos antigos germanos ou saxões.

O cansaço era grande e o governador depois de bem alimentado e melhor bebido pôs-se a cochilar na sua rede, ouvindo os descantes de viola da barraca dos soldados e seguindo como um sonho a narração de lutas contra onças, de caçadas de jacarés e antas ligeiras pelos lagos da região, ou a longa história que um arreeiro contava da infeliz Perpetinha, a menina que foi roubada por um grupo de indígenas canoeiros e que foi deixando palavras e frases escritas pelos troncos das árvores, ao longo do infindo caminho de seu rapto. E nunca mais ninguém encontrou a pobre da Perpetinha!

No dia seguinte, o governador acordou bem cedo, despertado pelos mil ruídos da mata, quando apenas os serviçais tinham-se levantado, antes mesmo do comandante do destacamento tocar a alvorada. Dentro em breve, o café estava pronto para se tomar com farinha de milho e começavam a desmontar as barracas e arrear os animais, enquanto a corneta estridulava no ermo o toque de alvorada.

Aí apareceu uma anta na extremidade sul da praia. Ao ver aquele movimento desusado, o bicho assustou-se, retrocedeu caminho e embrenhou-se no mato. Mas lá a foram buscar os cães numerosos e trêfegos que a obrigaram a atravessar a praia e atirar-se à água. Caçador apaixonado, o governador se meteu numa montaria que estava à destra e abicou o barco para o animal que nadava, ten-

tando acertá-la com tiros de sua ágil espingarda, mas ao mesmo tempo temeroso de que os atiradores da praia viessem a alvejar não a anta mas a ele governador, que estava na linha dos projéteis. Diante da confusão, mais rápido de que todos, o animal ganhou a margem oposta e desapareceu por entre a vegetação, antes que os cães o pudessem alcançar.
Tinham começado bem o dia! No momento que montavam os animais e parte da comitiva se adiantava, eis que surge como que por encanto barulhenta cavalgada, à frente da qual repimpava a figura bem alimentada do padre. Eram os habitantes de Santa Rita do Rio do Peixe que vinham ao encontro do governador e sua real comitiva.

O resto do caminho para o arraial pôde o governador trocar idéias com diversos componentes da caravana de recepção e percebeu que havia uma geral satisfação com a resolução, já em via de execução, de incentivar a navegação do rio Araguaia a partir daquele porto e fomentar o comércio com Belém do Pará. Estava ali a chave certa para muitas das dificuldades que atormentavam Goiás — dizia o vigário entre reflexos róseos das saudáveis bochechas gordas.

Breve entraram no arraial que estava assentado na encosta sul da serra do Acaba-Saco, linda povoação (embora pequena e pobre) com o casario branco de cal contrastando com a cerrada vegetação verde das árvores dos quintais e das circunvizinhanças, centro de um distrito rico em rebanhos bovinos e suínos que abasteciam Vila Boa. O arraial está entre o rio do Peixe e o rio Vermelho, em cuja margem se assenta outra Santa Rita chamada Santa Rita de Anta, distante três léguas uma da outra. A região é aurífera e outrora muito ouro daí saíra produzido por centenas de escravos. Até hoje a fama da abundância de ouro ainda aí permanece, de que é exemplo a mina de São José, um estranho lugar cheio de enormes blocos de pedras que se erguem como castelos, intervalados por não menos curiosas lapas e grutas profundas e extensas, morada de morcegos, andorinhões e onças. Aí, segundo a lenda, basta arrancar do chão uma moita de capim para se obter algumas oitavas de ouro do mais alto quilate, na informação do reverendíssimo vigário que já testara a terra e confirmou a verdade dessa fantástica fama. O perigo eram os índios. Viviam rondando e cada ano faziam algumas dezenas de vítimas entre os cristãos afazendados. Que sua majestade o rei volvesse os olhos para esse povo desamparado!

Contrariando os insistentes pedidos dos moradores de Santa Rita, depois do almoço, nesse mesmo dia, seguiu o governador e sua comitiva para o porto do rio do Peixe, no mesmo lugar onde em 1800 desembarcou o ex-Governador João Manoel de Meneses, com uma comitiva de 216 pessoas, vindas de Belém do Pará e subindo o rio Araguaia. Dentre as pessoas que vieram com D. João Manoel contava-se o capitão Marcelino José Manso, ali presente naquele momento, e que agora, seis anos depois, revia o porto de desembarque e relembrava as peripécias e os perigos enfrentados nessa infindável e temerária viagem. Dizia ele: — Homem! só essa viagem redime o nosso ex-governador de todos os erros que por acaso haja cometido. Isso não foi uma viagem, foi um castigo, uma purgação, uma pena das mais terríveis! Para consolá-lo, o governador mandou abrir algumas garrafas de Union Jack, a famosa cerveja introduzida em Goiás recentemente.

O Porto do rio do Peixe nada mais era que um aglomerado anárquico de ranchos de palha, a maioria sem paredes, que serviam de abrigo aos homens e faziam as vezes de estaleiros para construção dos barcos. Aí imperava a vontade férrea do incansável Vila Real, treinando barqueiros, improvisando carpinteiros e afinal conseguindo construir os barcos programados pelo governador. Se ali a pobreza era a mesma, pelo menos havia esperança e ânimo de trabalho. Aquilo era um imenso acampamento, como imenso acampamento pareceu ao governador o Brasil inteiro. Coisa semelhante só se lembrava de haver visto num bivaque de tropas portuguesas em combate aos franceses e espanhóis que invadiram o reino, em 1799.

Aí o rio tinha uma caixa dilatada, pois o curso das águas incidia perpendicularmente sobre um gigantesco rochedo que o fazia desviar para o norte, enquanto formava um calmo e extenso rebojo. Logo ao chegar a vista do governador se aprouve com o espetáculo de diversos grandes barcos e muitas outras montarias e igarités que serenamente balançavam-se sobre as águas esverdinhadas que refletiam o céu profundo e o mato próximo.

CAPÍTULO XIX

"Dom Francisco, que tinha querido ir assistir pessoalmente à partida da expedição, ao descer embarcado o rio do Peixe, esteve em risco iminente de morrer afogado, por ter virado a canoa em que navegava. Por muito tempo lutou com as águas, arrebatado pela corrente, que o arremessou de encontro a uns galhos de árvores que se debruçavam sobre o rio." [*Anais da Província de Goiás*. J.M. PEREIRA DE ALENCASTRE. Ed. Convênio Sudeco/Governo de Goiás.]

NO SEGUNDO ou terceiro dia que chegou ao porto de Santa Rita, quis o governador pessoalmente experimentar a navegabilidade do rio que lhe pareceu raso em excesso. Com o Coronel Manso e um soldado hábil no manejo de canoas, tomou uma igarité relativamene ligeira. Devia ser umas três horas da tarde quando deixaram o embarcadouro e enfrentaram o largo rio que aí formava o baião. Transposto o baião, começaram a descer o curso d'água que não era volumoso, nem muito veloz. Dom Francisco logo adquiriu confiança no soldado que se mostrara bom navegador. Depois de seguirem o curso das águas por algum tempo, certificando-se da viabilidade da viagem, resolveu o governador voltar ao acampamento de onde partira.

Para voltar, a viagem era mais dificultosa, pois consistia em vencer a correnteza contrária; contudo, o barco rompia satisfatoriamente, ajudado pela força do Coronel Manso, até que uma ventania repentina se levantou e pegou a soprar rio abaixo, e foi crescendo, com o céu escurecendo de nuvens carregadas de raios e trovões.

— Vamos, minha gente! Vamos chegar antes da chuva — gritava o coronel que conhecia a região e sabia que essas tempestades ofereciam perigo. — Vamos, vamos! — e o vento zumbindo e a chuva chegando e o tempo fechando, com D. Francisco já ensopado por falta de abrigo.

— Upa, sr. governador, agarre-se aí pelas bordas do barco com a maior firmeza, que o arranca-rabo vai ser brabo!
— Não seria melhor descer na margem do rio e esperar a tempestade passar? — perguntava o coronel aos gritos para ser ouvido. Mas o governador não concordava, achando que já estavam molhados mesmo e o porto não devia distanciar muito, que eles tinham descido um trecho curtinho.
— Força, minha gente! Vamos! — E o barco leviano pulava na flor das águas e se agitava, com a tarde principiando a findar-se.

De repente, ninguém sabe o que foi, o barco bateu, estalou, virou, talvez, e num piscar de olhos todos se acharam no meio das águas revoltas, com o lusco-fusco das ave-marias e gritos e frases e águas e troncos.

Lá pela meia noite, quem sabe?, entrava no porto de Santa Rita o Coronel Manso cansado, friorento, pedindo socorro para salvar o governador e jurando por tudo que era santo que nunca mais botaria a ponta do dedo, sequer, nas águas desse excomungado rio Araguaia ou qualquer de seus afluentes: — O diabo desse rio é brigado comigo!

— Já despachamos socorro — informava laconicamente sorumbático o navegador Vila Real, empenhado em segurar o Penha, que queria sair em busca do menino de qualquer maneira.

E deveras, iniciada a borrasca e começando a escurecer, Vila Real que vinha apreensivo com o tempo, mandou três barcos com lanternas descer o rio em busca do governador e seus homens, tocando buzina e gritando. Depois mais gente foi despachada pelas margens, a fim de tentar encontrar os náufragos, como já eram chamados, mas apenas o Coronel Manso foi achado em cima de uma pedra. A presença do militar e a notícia de que a embarcação não chegara a afundar deram novo alento aos que buscavam os perdidos, nutrindo plena esperança de que os ocupantes do barco estariam encalhados nalgum lugar ali.

Dia clareando, como nenhuma notícia aparecesse sobre os náufragos, embora todos os barcos houvessem regressado sem nada encontrar e muitos homens que procuravam por terra também retornassem desenganados, o próprio Vila Real interrompeu seus quefazeres, se meteu ele em pessoa num barco que começava a ser carregado, fazendo-se às águas crescidas e revoltas pela chuvarada da véspera. Conhecedor do rio, da região e dos azares da natureza, tratou de munir-se de alimento e recursos para pousada, demonstrando ânimo de prosseguir na procura pelo menos por mais de um dia. Aquela região, em especial as terras ribeirinhas, era totalmente despovoada e ninguém se enganasse com a possibilidade de encontrar alguém que pudesse informar sobre os desaparecidos: — Só os peixes e os passarinhos poderão dar notícias — resmungou o velho na sua fria experiência do deserto. Agora não havia outro jeito do que levar o velho Penha, todo enfarpelado.

E lá se foi o Vila Real sem pressa nem entusiasmo, com o que de melhor havia em remador, prático, um pescador e caçador, gritando através do porta-voz e disparando trabucos e roqueiras. Felizmente que estavam no fim das águas e o dia amanheceu claro, de sol forte, permitindo visibilidade plena. Assim foi que antes do virar do sol, entrando numa praia, alguém avistou pessoas à beira das águas. Houve gritos e vivas de cá e de lá. Ali finalmente se encontravam o soldado e o capitão-general todo rasgado e ainda molhado, com algumas escoriações pelo corpo, atormentados ambos por uma atroz fome, que desde a véspera não se alimentavam ou alimentavam-se horrivelmente. O soldado Zequiel pouco se apertou. Com muita paciência conseguiu pegar alguns peixes que comia cru com a melhor boca do mundo. O capitão-general tentou imitá-lo mas não conseguiu engolir, que o engulho e a náusea impediam. Entretanto, naquelas últimas horas já ia principiando a acostumar-se com esse novo manjar, como dizia ingenuamente o soldado: — Se vocês demorassem mais uns diinha, o general nem num carecia mais de cuzinhá comida. — Dom Francisco reconhecia que ficava devendo a vida ao soldado que mais de uma vez enfrentou a morte para salvá-lo, embora entendesse que nada mais fizera do que a obrigação de cristão. Enquanto isso, o Penha se desdobrava em cuidados com seu menino, dando graças a Deus por sua vida.

Sim, que tudo fora culpa de uma árvore que lá ia arrastada pelas águas, bateu na igarité, a qual no safanão atirou às águas o governador e o Coronel Manso, só deixando dentro o soldado que logrou agaturrar o capitão-general pela aba do casaco, quando o nobre lá se ia plebeiamente aos trombolhões pelas águas. E lá se foi a canoa com o soldado agarrado a ela e por sua vez agarrado fortemente ao capitão-general. Do Coronel Manso sabia que nadava e gritava feito um condenado, comandando que o seguis-

se, que o seguisse, que o seguisse, e lá se foram rodando até que o soldado empurrou o nobre para dentro da embarcação e também conseguiu subir a ela, quando percebeu que a igarité estava cheia d'água. No breu da noite, mantendo o nobre sempre seguro, tentando tirar a água com a mão, rezando algum trecho errado do padre-nosso que nunca chegou a aprender direito reza nenhuma, continuaram rio abaixo, levados pela correnteza, sem recurso para dirigir o barco, esperando se arrebentar a qualquer momento numa cabeça de pedra qualquer ou talvez serem arrebatados pelo minhocão ou pelos cabeças-de-cuia, que ali era morada deles, disparate, de repente o barco serenou, pegou a vogar em roda — que é isso? que é isso? — queria saber o governador, por fim tudo parou.
— Que herói! — exclamava o Penha, segurando as mãos do seu menino.
A esse tempo a tempestade se foi e no céu brilhava um quarto crescente que era quase uma lua cheia de tão clara. O soldado experimentou com um pé, viu que tinha praia por baixo e ambos saltaram naquela praia, sem jeito de fazer fogo, com um mosquiteiro pior do que o cão, que o picuá de corniboque e fuzil se perdeu, bem como outras coisas da igarité. Foi uma noite longa, com o governador tremendo de frio por causa do vento que soprava, e do soldado tremendo de medo do minhocão, pois mais de uma vez ele ouviu o ronco do monstro cada vez mais próximo. Inda bem que não contou nada para o governador, o qual cochilava inocente, inocente, que o coitado não tinha conhecimento do perigo que estava enfrentando.
— Não fosse o tiquinho de padre-nosso que eu aprendi, olha aqui, nós'tava mas era no papo do bicho-fera!
De lá o Penha arregalava os olhos, crendo piamente no minhocão e nos cabeças-de-cuia.
Recolhidos ao barco do Vila Real tão parcimonioso em palavras e gestos, regressaram rio acima à força dos remos, chegando ao porto ainda com sol de fora, no meio da maior festa de todo o acampamento, alegria que foi interrompida pelo porta-voz, através do qual Vila Real pedia que cada qual voltasse a suas ocupações ainda naquele cair de tarde. O incidente (felizmente sem conseqüências graves, no parecer do Penha), havia atrasado a parti-

da da expedição e era tempo de enfrentar a viagem que já estava tardando.
— Não me apartarei jamais de ti, seu estróina — ralhava o Penha.

Atento às ordens do velho navegador, o pessoal começou a trabalhar não na tarefa de aviar a expedição: o que todos fizeram foi enfrentar o jantar que estava delicioso, com enormes espetadas de carne de capivara e muito peixe moqueado à moda dos xavantes e carajás, no tempo que a crescente enorme alumiava aqueles ermos assombrados de entes sobrenaturais e fantasmas, de indígenas e feras imaginárias forjadas pela fantasia dos sertanejos e do Penha. Na sua rede, o governador pensava em Ângela e no filho que certamente havia nascido. "Que mulher teimosa!" — pensava ele.

Fazia uns quinze dias que o governador estava no porto de Santa Rita do Rio do Peixe, que o Coronel Marcelino José Manso, muito brabo, teimava em chamar de Santa Rita dos Impossíveis, pelos desastres que o Araguaia e seus afluentes costumavam envolvê-lo! Embora com tanto tempo, ao governador lhe parecia que chegara ontem, tal era a alegria que sentia em poder levar os dias caçando e pescando pelos arredores, livre de compromissos oficiosos, fazendo enfim o que um jovem de vinte e poucos anos devia fazer, isto é, viver. Aproveitava também para visitar as velhas minas abandonadas de São José de Anta e Caçu, envolvidas em mistérios e lendas, sem deixar de conhecer a fazenda do Sr. Silvestre Rodrigues Jardim, pai do Alferes José Rodrigues Jardim, velho político que ali possuía engenho para aguardente e rapadura, criação de numeroso rebanho bovino e cavalar, fábrica de farinha e larga escravatura. Graças a sua gentileza, estavam comendo carne de vaca e de porco que ele mandava num mimo ao governador da capitania. E mais leite, queijo e requeijão.

Entretanto, nesses dias, graves foram as atribulações de espírito do jovem governador. Dia e noite, estando só ou em companhia de outras pessoas, a lembrança de Ângela era constante, de modo a compreender que a amava sinceramente, a ponto de sentir-se sempre em solidão longe da sua companhia, ou com ânsia de encontrá-la de imediato, houvesse ou não outra mulher a seu lado. Por várias vezes pensou em desistir do resto da viagem, retornar para o lado da moça e casar logo com ela, mandando às favas as proibições das irmandades e a vigilância do velho Algodres que diziam estava nas últimas, mas que destas últimas não passava. Contudo, era bom ter calma, dar tempo ao tempo, aguardar a chegada do príncipe regente que estava próxima. Havia que ouvir o pai e os parentes para resguardar títulos e propriedade.

E assim, sentindo nas carnes a ausência da amada e no espírito a falta sem termo da presença dela, de sua palavra, de seu sorriso, de seus gestos, cada dia o jovem mais se convencia de que Ângela era uma mulher de excepcionais qualidades. Sem ter recebido educação adequada, o único defeito que se lhe podia apontar era não saber dançar. Quanto ao resto, sabia conversar, tinha um entendimento rápido e claro, sabia comportar-se perante qualquer pessoa ou grupo de pessoas, quer fosse durante as refeições, quer fosse nas festas e solenidades; até de política a danadinha entendia e sobre tal assunto se exprimia com discrição e acerto. Se algum erro existia, ou falta, D. Francisco tinha certeza de que o tempo e o convívio com gente melhor informada sanariam.

"Que mulher perfeita" — pensava o jovem, admirado de como pudera ela aprender aquilo tudo: desde como lidar com animais e escravos, até como tratar com criados, militares, altos funcionários e comerciantes. Sinceramente que D. Francisco pensava em não perder uma companheira tão admirável. Sabia que ela andava indiferente para com ele, mas achava que isso era resultado da maternidade. Em breve o amor venceria todas as reservas e Ângela voltaria a ser o ente encantador que fora nos primeiros tempos. "Quando voltasse, iria dar-lhe maior atenção, iria fazer dela a namorada encantadora de outrora."

Enfim, a grande expedição movimentou-se, tomando o rumo de Belém do Pará, entre espocar de foguetes e bacamartes, vivas a el-rei, ao governador e ao Divino Padre Eterno. Eram as canoas *Príncipe Regente, Minerva, Tétis, Aurora* e *Vênus*, seguidas de duas montarias que davam apoio logístico ao grupo. Os nomes denunciavam bem a participação do cônego e do escrivão Hiacinto, ambos admiradores dos poetas iluministas.

D. Francisco tinha os olhos molhados de lágrimas pelo que via. Fora um sonho que começou na vaguidade de uma idéia, cresceu no meio das discussões e conversas, para naquela manhã incorporar-se naquele magnífico espetáculo de arrojo e coragem, erguendo como um sol por sobre as ruínas e a decadência da capitania. Lembrou-se com certo garbo que o nome *Vênus*, de um dos barcos, fora lembrança sua, numa homenagem àquela que já devia ser mãe de seu filho, a bela e admirável Ângela. Ainda se lembrava que o Padre Silva e Sousa aplaudiu a escolha desse nome, aduzindo razões eruditas de que, segundo o imortal Camões, Vênus era a deusa protetora dos lusitanos, os quais defendeu na famosa viagem às Índias. Na opinião do padre, faltava um nome cristão, mas estava ali o "Príncipe Regente" para redimir qualquer preferência ou esquecimento.

O pequeno porto ficou coalhado de embarcações que logo pegaram o rumo do Pará, estendendo-se numa fila que se perdia na curva além do rio, a tripulação de perto de 80 homens, inclusive cinco militares pedestres sob o comando do Furriel José Antônio Ramos, que iam esperançosos de receber os soldos em atraso de mais de dois anos. Com a mesma fé seguiam 27 mestiços livres, remadores de profissão, não se falando dos 14 índios xerentes e dos 34 caiapós aldeados no Carretão. Por aquela maneira, escoavam-se 1.640 arrobas de mercadorias constituídas de açúcar, couros, algodão, quina, fumo, cordas e objetos de madeira, tudo sob a responsabilidade do comando geral da expedição, Sr. João Paulo, que nada estava ganhando por esse enorme trabalho. Enquanto se partia, outra expedição se carregava no pequeno porto, com igual destino, formada de quatro canoas, tripuladas por 40 homens, mantida e custeada por comerciantes de Crixás e Pilar, levando carga mais preciosa formada de sabão da terra, toucinho, queijo, goiabada e marmelada, fumo em corda, feijão, arroz e farinha. Essa segunda expedição, largada com 15 dias de atraso, deveria alcançar a primeira e a ela unir-se ao longo da viagem.

Foi assim que depois de mais de mês de ausente de Vila Boa, a ela regressou o governador, que foi recebido com muito maior entusiasmo do que fora ao tomar posse do governo, fazia um ano.

De antemão chegara á Vila a notícia da partida das onze embarcações abarrotadas de mercadorias, numa expedição que maior jamais se vira no Araguaia e difícil seria repetir. Por fim Goiás rompia o assédio das distâncias e do isolamento, e achava o caminho para suas exportações. Embora o goiano pensasse que a única atividade nobre fosse tirar ouro, à ausência do metal aceitava a agropecuária como solução e se enchia de esperanças. Os fazendeiros viam possibilidades de produzir bois, porcos, mantimentos, algodão, fumo que venderiam e ficariam ricos; os vadios e desocupados teriam o que fazer; o governo poderia receber mais impostos e assim todos aproveitariam as delícias da fartura dos tempos do ouro abundante.

— Viva o capitão-general!

As ruas estavam repletas de gente. A comitiva que foi receber o governador ao Ferreiro era incontável, as pessoas exibiam as melhores vestimentas, os melhores arreios e os melhores cavalos. Até as mulheres se contavam entre os recepcionistas. As janelas das casas mostravam belas e ricas colchas e toalhas, de onde os habitantes aplaudiam o cortejo do governador, ao som dos sinos das igrejas e da Câmara que badalavam alegre e festivamente, como nos dias de Aleluia e Corpus Christi.

Tamanho era o entusiasmo que, segundo se dizia, D. Francisco já teria contratado pessoas para descobrir a navegação dos rios que corriam para o sul e pelos quais também Goiás exportaria seus produtos.

— Viva o governador!

IV
Epílogo
dispensável talvez

CAPÍTULO XX

"A primeira coisa que ele (Capitão-General Fernando Freire Delgado de Castilho) fez, depois de cumprimentar todos os presentes, foi apresentar-me duas crianças de sete e oito anos, um menino e uma menina, dizendo-me: "Aqui estão dois pequenos goianos, dois filhos naturais, mas sua Majestade teve a bondade de reconhecê-los como meus e legitimá-los." [*Viagem à Província de Goiás*. A. DE SAINT-HILAIRE, que explica em nota de rodapé: "É sabido que na França, antigamente, a legitimação dos filhos naturais era igualmente uma atribuição dos reis."].

MUITA COISA sucedeu naquele princípio de seca, durante a ausência do governador. Sem dúvida, o mais importante não foi a descoberta do caminho fluvial para exportação dos produtos goianos. Parece que esperando tão-somente a partida de D. Francisco, no dia seguinte, em casa de Ângela e de seus pais, ouvia-se o choro de criança nova. Foi o mais importante: o filho do Capitão-General Francisco de Assis Mascarenhas, governador da capitania de Goiás, acabava de vir ao mundo. Era homem, feioso feito o pai, e como desejava o governador, teria o nome de José, xará do avô, o Conde da Palma, 4º conde de Sabugal e 9º alcaide-mor de Óbidos e Selir. Apesar de ausente D. Francisco, Ângela apressou-se em batizar o filho, fazendo constar dos assentamentos que o pai era o Sr. D. Francisco de Assis Mascarenhas, embora não informasse o termo de batizado se os pais eram ou não casados regularmente, na conformidade do que sugerira o Padre Trovão, como advogado e advogado cheio de lêndeas e manhas.

A choradeira da criança, a trabalheira com cueiros, cinteiros, banhos, e aleitamento, essa alegria enorme que é o mistério da vida humana que desabrocha, preparo das galinhas e canjas para a parturiente, visitas de amigas e curiosos, defumações e fumigações propiciatórias e eficientes no esconjuro dos maus agouros, como que cicatrizaram mais firmemente as feridas deixadas pelas ingratidões do conde e as palavras que pareceram tão ofensivas à jovem mãe no arrazoado do pai para justificar os impedimentos do casamento. No dia, pois, que os sinos repicaram e os foguetes espocaram nos céus de Vila Boa festejando o retorno do governador, Ângela já se sentia perfeitamente restabelecida, cheia de ânimo e alegria pelo filho que embalava nos braços.

Agora Vila Boa só falava das novas possibilidades abertas com o início da navegação do rio Araguaia e a esperança de comunicação com o sul através dos rios dos Bois, Paranaíba e Paraná. Um sopro geral de animação e entusiasmo acendia vida nova nos semblantes e nos corações goianos. Pelo que diziam havia se apresentado um homem que pretendia descer o rio dos Bois e por esta via alcançar o Paraná e as regiões de São Paulo e Rio Grande do Sul, justamente a partir de Anicuns.

Quanto à navegação para o sul, era um empreendimento muito arrojado, prometendo D. Francisco construir canoas a sua própria custa para a expedição e contratar pessoal afeito à aventura. O tal sujeito que se prontificara a fazer semelhante viagem era Francisco de Oliveira Guterrez, que diziam natural das terras de Castela e habituado com rios do Peru e da Bolívia.

— Ah, esses castelhanos!

Sob o comando da mucama Lídia, escravos e serviçais desde cedo estavam numa azáfama braba, arrumando a casa, limpando móveis, colocando flores nas jarras, arranjando as roupas de Zezinho e de Ângela, lavação, engomação, plissados, um botão pregado às pressas, ferro de passar quente para lá e para cá.

Fazia pouco, chegara um recadeiro do conde com o aviso de que pelas duas horas da tarde ele iria conhecer o filho. Se bem o Sr. Martinho e a mulher não estivessem em casa, ali havia sempre muita gente, empregados ou interessados nos diversos negócios dos Almeidas.

Ângela estava nervosa. Queria apresentar-se bem vestida, bem disposta e com sua beleza bem cuidada. Trazia um vestido de pano leve e claro, cujo enfeite estava na meia-anquinha do roupão e nos ricos passamares do gibão de seda pinhoela. Calçava sapatilhas de renda da mesma cor do roupão e tinha os cabelos meio soltos, arrepanhados no alto da cabeça por um arranjo em coque, apoiando num grande pente de tartaruga. O momento era decisivo na vida do governador, do filho e da própria Ângela. Por isso, atendia às mais diversas coisas, especialmente às que se referiam a ela, ao filho e à casa, que queria limpa, móveis bem dispostos, toalhas e jarras bem distribuídas, um ar de sobriedade e conforto na vivenda.

Hora chegada, uma cadeirinha parou à porta da casa e dela saltou o jovem governador que igualmente caprichara no vestir. Envergava um costume que acabava de receber do Rio de Janeiro, feito segundo os figurinos franceses postos em moda por Napoleão Bonaparte e que ao elegante Hiacinto pareceu um mimo, uma beleza! Vestia longa sobrecasaca castanho-escura, de larga lapela coberta de cetim de grossas listras coloridas, deixando entrever a camisa de pequeninas pregas rendadas e a gravata quase branca; as calças justas, claras, metiam-se numa botinha apertada. À cabeça equilibrava um chapéu alto, talvez o primeiro a ser visto na terra; na mão trazia um par de luvas e uma fina bengalinha dourada.

Ao vê-lo Ângela sentiu um baque no coração e o mesmo se pode dizer haver ele sentido, a ponto de não conseguir conter-se e tentar abraçar e beijar a amada; Ângela porém esquivou-se enleada e chamou logo pela mucama, ordenando que trouxesse o bebê. Ela sentia que se se mantivesse mais um minuto a sós com D. Francisco não resistiria à tentação de lhe cair nos braços e nos beijos. Lídia entrou um tanto assustada, trazendo nos braços o Zezinho quase afogado no meio das rendas e refolhos de seda, olhos fechados chupando uma enganadeira, visão que encheu de risos e exclamações o rosto e a boca do pai, que do filho se aproximou cautelosamente, até que Ângela tomou a criança e lhe pôs nos braços, antes exigindo que o conde se assentasse numa cadeira. E ali ficou ele abobalhado, sem saber o que dizer, olhos brilhantes de lágrimas, tentando decifrar semelhanças com parentes d'além-mar naquele pequeno projeto de semblante adormecido.

Súbito, D. Francisco abriu as pernas e estendeu o pimpolho para a mãe. Acontecera o óbvio — Zezinho batizara as calças tão chiques de s. exa. o governador da capitania de Goiás, interrompendo em parte o êxtase a que se entregara o pai. Ao devolver, já de pé, a criança à mãe, quis o conde, num ímpeto emocional, abraçar e beijar Ângela, que novamente a tudo se esquivou delicadamente, numa desculpa de que ia passar a criança, já aos berros, roxa pelo esforço, punhos e semblantes contraídos, passá-la a Lídia que ali estava esperando. Ato contínuo, ele abriu a conversa, falando sobre o casamento deles. Voltava a propor a solução anterior. Queria que Ângela fosse residir abertamente em palácio, e que posteriormente seguisse com ele para Minas Gerais, para onde, com a maior segurança, deveria ser nomeado também capitão-general.

A resposta de Ângela veio pronta. Tudo estava corretíssimo. Mas havia uma primeira condição — casamento.

— Mas, Ângela, meu anjo, eu queria que fosses mais compreensiva e menos intransigente... — De seu lugar, balançando negativamente a cabeça, a moça repetia: — Primeiro, casamento. Depois a gente conversa sobre o resto. — Retomou o conde: — Não. Espera. Já te disse que quero casar contigo, mas há sérios embaraços para nosso casamento. Perco a oportunidade de chegar a governador de Minas Gerais e outras vantagens. Há pessoas e grupos fortíssimos que manobram componentes do govêrno e não consentem em casamento entre nobre e plebeu ou entre nobre e pessoas naturais das colônias.

Ângela prosseguia negativamente com a cabeça.

— Infelizmente, não é por minha culpa, nem por tua culpa, mas a verdade é que eu sou nobre e tu não és. Tens que compreender!

— Bem. Se é assim, meu conde, o jeito é você se casar com alguma minhota mesmo. Eu acho que dagora em diante nem nosso casamento irá dar certo. O correto é botar ponto final no assunto. Vamos tomar um refresco. — E, voltando-se para o interior da residência, ordenou que trouxessem o capilé para o sr. governador.

Diante da maneira terminante com que Ângela encarava o problema, só cabia a D. Francisco dar maior ênfase a sua proposta. Afinal, ele amava Ângela, amava o filho, gostaria de encontrar uma solução que não lhe prejudicasse a carreira política iniciada com tantos e tamanhos sacrifícios. Entendeu que a solução era esperar. Segundo informações exatíssimas que recebera de Portugal, a sede do reino viria mesmo para o Brasil. Podia vir a qualquer momento que Napoleão aumentasse a pressão sobre a metrópole. Então, segundo opinião geral, o príncipe regente iria tudo fazer para criar um ambiente favorável aos portugueses no Brasil, para apagar os ressentimentos da Inconfidência Mineira, da Revolta dos Alfaiates, das velhas mágoas de Olinda e Recife, das queixas dos habitantes do Maranhão que nunca se esqueciam de

Beckman e seus seguidores. Um dos primeiros passos de D. João seria proibir aquelas discriminações que ainda prevaleciam nas irmandades religiosas. Era, entretanto, uma questão de dar tempo ao tempo. Eles poderiam viver juntos até que as coisas abrandassem e aí se casariam sossegadamente.

A moça continuava a achar graça nas atitudes do governador. Qualquer solução proposta por ele deveria ser prejudicial a ela Ângela e deixar intocáveis as comodidades do ilustre fidalgo. Era a mesma solução por ele adotada em face das ameaças e dos ataques de Napoleão Bonaparte.

Ângela interrompeu o discurso do conde para oferecer-lhe o capilé que Lídia trazia na bandeja de prata forrada com toalha de croché. Dom Francisco rolou uns olhos desvairados e num largo gesto de desespero, suplicou: — Ângela, pelo amor de Deus, deixa de gracinhas, leva-me a sério, mulher!

Ela que percebia lucidamente a razão do desespero do nobre, se fez de ingênua: — Que isso, meu conde, que há!

— Não me digas que não percebes o que há. Então, está aí por que se proibem casamentos de classes diferentes. — E num tom áspero: — Não quero refresco. Quero falar contigo a sós. Entendeste?

— Mas, que isso! Nada há em minha vida que Lídia não saiba ou não possa saber. Pode dizer tudo na frente dela!

— Estou vendo que as irmandades têm razão. Tu podes não ter segredo para tua mucama, mas eu tenho para meu mais íntimo servidor. Nós não falamos certas coisas diante de serviçais e muito menos de escravos!

— Sim, não seja por isso, meu nobre — disse Ângela com brejeirice e, dirigindo-se a Lídia: — Lídia, pode retirar-se. Os portugueses não bebem refrescos de frutas nacionais.

No íntimo, Ângela prosseguia pensando: "É, não muda mesmo. Veio para o Brasil e aqui deixava que o resto do mundo pegasse fogo! Se ele dizia que a amava, por que então não mandava às favas essa tal nomeação para o governo de Minas Gerais? Por que então obedecia os ditames do maluco do Algodres? Ele não era rico? Não tinha lá sua nobreza que dispensava os favores reais? Não e não! De jeito nenhum continuaria como simples amante, fosse lá de que nobre fosse, mesmo que tal nobre fosse o próprio rei. Queria legalizar tudo, queria viver livremente com o homem que fosse seu marido e que não precisasse ocultar essa situação; queria ter os filhos legitimados, queria enfim viver em paz com os homens e com Deus. Para ela a vida de concubina era pecaminosa e não aceitaria continuar vivendo em pecados." E arrematou, em voz alta:

— Para continuar nosso amor, só há um caminho: casamento o mais rápido possível.

— Mas, minha querida — aventurou D. Francisco tentando abraçá-la e talvez beijar, atitude que ela rejeitou com certa agressividade, respondendo: — Nem mas, nem meio mas — casamento antes de qualquer coisa!

— Ângela, vê bem, tenta raciocinar comigo. És muito jovem. Vamos supor que não possas te casar, irás sacrificar tua existência? Irás tornar-te mulher solitária, abandonada?

Ângela retrucou com um gesto de quem afasta de si coisa inoportuna e despicienda. Contudo, como D. Francisco exigia uma resposta clara, ia dá-la:

— Eu sei que vou casar. Não se preocupe com isso!

Agora chegou a vez do conde rir-se com ironia e dizer: — Eu também sei que irás casar. E sei mais. Sei com quem irás casar. — Supondo que o conde fosse dizer que ela se casaria com ele D. Francisco, Ângela se mostrou curiosa: — Você sabe?!

— Sei — respondeu energicamente o conde.

— Então diga. Pode dizer, vamos lá!

— Com o Alferes José Rodrigues Jardim, ora essa!

A surpresa que Ângela denunciou no semblante foi tal que o homem voltou a interrogar triunfante: — É ou não é? Diz sinceramente.

Mais segura, Ângela voltou a pilheriar: — Uai, mas Rodrigues Jardim já não é capitão?

— Sim. Enganei-me. Capitão Rodrigues Jardim — confirmou o conde, e ela, meio pensativa, num muxoxo anuiu: — É. Tudo pode ser. Mas sinceramente não havia pensado nele. Tinha pensado em você mesmo. Contudo, você acaba de me fazer uma ótima sugestão. Muito boa mesmo — repetiu cismarenta.

Verdadeiramente agastado, sentindo-se até humilhado, D. Francisco deixou a casa de Ângela e retomou a cadeirinha que o levou a palácio. Quando ia descendo é que notou não haver entregue a Ângela os presentes que levava para ela e para o filho. Era um belo enxoval de recém-nascido que já tinha comprado antes; um belíssimo vestido, com mantelete, touca e sapato de cetim para a jovem mamãe, para quem ainda mandara fazer pelo maior artífice e maior preguiçoso do mundo, o famoso José da Maia, riquíssima pulseira de ouro e e esmeralda, uma fortuna, uma beleza de jóia. E mais a jóia para o filho.

"Que fazer agora?" Ah, vinha-lhe uma boa idéia. Dali mesmo mandou trazer a sua presença dona Aleixa, a tão querida madrinha de Ângela, e deu-lhe essa incumbência que chamou de régia. Era a incumbência de entregar a Ângela aqueles presentes e convencer aquela cabecinha de ferro a aceitá-los. Para arrematar, o conde lançava uma ameaça que depois lhe pareceu excessiva e injusta: — Veja lá, dona Aleixa. Se Ângela rejeitar qualquer coisa, a senhora nem precisa retornar a palácio: Some, some de minhas vistas!

Enxugando as mãos no avental, a pobre mulher começou a chorar e mal pôde responder: — Pode ficar sossegado, meu amo! Pode ficar sossegado que ela vai agradecer muito! E na verdade, Ângela aceitou tudo, como mandou dizer ao conde, mas se recusava transpor as portas do palácio. Dom Francisco não cansava de mandar-lhe recados e cartas repletas de declaração amorosa, pedindo-lhe que levasse o filho para que ele lhe deitasse a bênção. Ela atendia pressurosamente, mas quem vinha trazendo Zezinho era sempre a Lídia, a quem o conde foi tomando uma ojeriza toda especial. De volta, sempre enviava um bilhete amargo à mulher mais birrenta e teimosa que podia haver, à mais bela mulher do mundo, a inesquecível Ângela!

— Tudo nem tanto em vão! — exclamou por fim, uma tarde, D. Aleixa, quando viu uma cadeirinha parar à porta do palácio e dela descer Ângela com o filho nos braços. O próprio governador veio correndo receber a jovem e o filho, com os quais entrou triunfante casa adentro, entre sorrisos e ditos galantes, mandando a seguir que se abrissem algumas garrafas do melhor vinho português para comemorar o grande acontecimento. Para saudar Ângela ali estavam os infalíveis palacianos, Capitão-de-Dragões José Pinto da Fonseca, Alferes-de-Pedestres Miguel Arruda de Sá e Antônio Faria da Costa.

— Tudo nem tanto em vão! — repetia Aleixa relembrando

quanto lhe custara aquela visita. Quanta saliva e quanto esforço mental para demover a menina no intento de nunca mais botar os pés em palácio; quanta palavra, quanta frase, quantas considerações para fazê-la ver que as mulheres vencem sempre pela teimosia e pela generosidade. Que somente se mostrando compreensiva e generosa, tolerante e paciente poderia enfim tornar-se a futura Condessa da Palma e a verdadeira esposa de D. Francisco.

Mas se as palavras foram importantes, mais do que elas foi o amor que voltou novamente a inflamar o coração de Ângela, levando-a não tanto a esquecer, senão a compadecer com todas aquelas terríveis atitudes e ofensivas palavras do nobre governador.

E novamente a cadeirinha foi vista altas horas da noite transitando entre o palácio e o Beco das Águas Férreas, talvez agora até com maior freqüência do que outrora. E como em todos os casos de amor, nova gravidez surgiu e novo ser humano voltou a chorar na casa de Ângela e de seus pais, para alegria especial do sr. D. Francisco de Assis Mascarenhas.

E como também em algumas estórias, no dia do batizado novamente o conde se negou a reconhecer o filho como seu legítimo descendente. Dessa vez, porém, ao contrário da outra, não houve choro nem lamentações da parte da jovem mãe. Na primeira vez que o conde foi visitá-la e ao filho, após o batizado, levando como costumava ricos e numerosos presentes tanto para o filho como para a mãe, simplesmente não viu Ângela, nem pôde falar com ela. Por mais que protestasse, reclamasse e se desesperasse, daquele momento em diante a moça passou a cumprir a promessa feita anteriormente, isto é, nunca mais voltou a palácio, nunca mais voltou a encontrar-se com o pai de seus filhos, embora permitisse que vez por outra Lídia levasse os dois meninos para tomar a bênção do pai, se bem que, em verdade, alguns fatos alteraram a rotina de Vila Boa.

Acontece que certo dia Lídia chegou esbaforida ao quarto em que Ângela amamentava o derradeiro filho e lhe segredou lá no ouvido dela alguma coisa que deixou a sinhá cheia de alegria, a ponto de exclamar: — Verdade, Lídia?

— Verdade — confirmou a preta quase chorando.

— Ah! — fez a jovem mãe. — Você reparou bem mesmo? Não seria outra pessoa? Você tem certeza?

— Ora, nhanhã, é ele mesmo. Então eu não conheço! É ele em carne e osso, juro por Deus! É o Capitão José Rodrigues Jardim, eu juro!
— E como você o achou! Mais gordo, mais magro, mais velho?
— Ah, isso aí eu não sei, que não reparei bem. A modo que ele me reconheceu e eu fiquei sem jeito. Mas eu achei ele mais magro, mais acabado, uma barbona comprida... Mas sempre o mesmo homem bonito...

Ângela nada mais disse. Apertou contra o seio, com mais força, o filho e lhe deu um longo beijo com calor de amante.

Também em palácio, um dia, na hora do expediente, o Penha veio dizer ao governador que estava na ante-sala um homem do povo que teimava em vê-lo para lhe revelar um segredo de muito grande valia. Pela informação do Penha, parecia tratar-se de um maluco ou de algum homem de extrema pobreza, que se empenhava com tamanho ardor nessa audiência que melhor seria recebê-lo que despachar. Introduzido na sala do dossel, o homem explicou: chamava-se Luciano e tinha encontrado um riquíssimo veio de ouro na velha cata abandonada de Anicuns.

— Mina de ouro! — balbuciou o conde sem acreditar no que ouvia da boca de um homem tão pobre e tão estranho, que prosseguia explicando que era um veio de ouro muito rico, na velha cata de Anicuns que fora explorada ao tempo do velho Anhangüera, e fora abandonada pelos mineradores daquele tempo como impraticável. Pensando tratar-se de algum embusteiro, D. Francisco lembrou-se logo de uma das regras do regulamento de Gomes Freire, na parte que diz: "A segurança das minas é o castigo das insolências". Para pôr em prática tão sábia sentença mandou chamar o Coronel-de-Dragões Marcelino José Manso, a quem mostrou Luciano e contou de que assunto estavam tratando. Para seu maior espanto, o que viu foi o Coronel Manso tomar-se de entusiasmo e afirmar peremptoriamente que Luciano estava falando a verdade e que em Anicuns devia haver muito ouro.

— Seria possível? — duvidava o governador, para quem, naquela terra, todo mundo só pensava em tesouro escondido ou novas minas maravilhosas. Contudo, mandou chamar o Intendente Morais Cid, a quem ordenou que seguisse com Luciano e mais alguns militares para tirar certeza da notícia, embora tudo devesse ficar guardado no maior silêncio para não despertar a cobiça no meio dos milhares de vadios existentes na capitania. Dentro em breve ficou provado que Luciano dizia a verdade, que em Anicuns estava um riquíssimo veeiro de ouro, mas também ficou provado que o povo não vive dormindo. Num átimo a notícia do novo achado ganhou as ruas, as estradas, os maïs distantes lugares e num piscar de olhos dezenas, centenas de pessoas estavam nos arredores da famosa cata pedindo a concessão de uma data de terreno para batear. O intendente do Ouro e o Ouvidor Segurado mobilizaram os soldados que puderam mobilizar para garantir a ordem e a paz na região, mas ninguém conseguia impedir que catas e mais catas se abrissem pelos arredores, embora ninguém nada extraísse. A nova mina não era do tipo aluvional; havia ali um veeiro de ouro que se afundava verticalmente quase, numa formação das mais difíceis de ser explorada. Era o que se chamava mina em prego — na explicação do entendido Brás Martinho de Almeida, pessoalmente encarregado pelo governador para dirigir os trabalhos. E como o lugar do veeiro estava em mãos de alguns ricos comerciantes e funcionários, pouco a pouco o povo foi perdendo o entusiasmo, foi vendo que não adiantava cavar a esmo, e com alguns meses tudo caía numa certa normalidade. Nesse momento, D. Francisco já havia elaborado os estatutos de uma poderosa sociedade por cotas, de acordo com as luzes do Ouvidor Segurado, do intendente, do secretário do governo e de outros homens instruídos e experientes, de modo a dar aos trabalhos uma orientação técnica e moderna que evitasse os desperdícios de outrora. O principal orientador do moderno método de extração era o recém-nomeado ouvidor, o Dr. Joaquim Inácio Silveira da Mota.

Assim, quando alguns meses depois D. Francisco de Assis retornou a Vila Boa, trazia a notícia de que a capitania de Goiás voltava novamente a produzir várias arrobas de ouro por ano, como nos bons tempos de antigamente, embora muitos fossem os obstáculos para a produção da nova mina e a triste previsão de que a cada momento mais cara ia ficando a extração do ouro.

No lufa-lufa da nova descoberta, entre as contendas, discussões e lutas de interesses pela obtenção do ouro, ao tempo que casas e mais casas surgiam em torno da cata encantada, uma igreja também começou a tomar forma e receber do governador a maior atenção. Erguia-se a igreja de São Francisco de Assis, invocação escolhida justamente para perpetuar o nome do capitão-general.

Com tudo isso, mal podia o governador dar ouvidos aos mil boatos que lhe chegavam ao conhecimento, referentes principalmente à vida em Vila Boa.

Mesmo ciente de que Ângela teimava em não procurá-lo, nem tão pouco consentir que ele a procurasse, o governador nunca imaginaria que, pelo contrário, não faltava dia que ela não se encontrasse com o Capitão José Rodrigues Jardim, já residindo em Vila Boa, depois de cumprir longa e temerária missão nas divisas do Pará. Homem reservado e taciturno, que conversa ou que conversas houve entre ele e Ângela, nunca ninguém saberia, a não ser algumas palavras que o povo transmitia entre cochichos, segundo as quais o governador teria usado de um ardil. Segundo se comentava furtivamente, a missão outorgada ao então Tenente José Rodrigues não fora mais do que uma forma que o governador encontrara para afastar os dois namorados e por tal maneira obter o amor de Ângela. Maiores minúcias de como o velho amor se reatou e de como o militar e Ângela combinaram casar, dessas coisas nunca ninguém teve notícia, nem por tais coisas se perguntou jamais, que o capitão era homem de semblante fechado, nunca dando ensejo a qualquer interferência na intimidade de seus sentimentos.

Diziam na cidade que se Ângela não falava para não desagradar seu querido capitão, como era de boa letra, tudo escrevera num longo relato que trazia oculto com o maior zelo, mas que pretendia um dia publicar como se fosse uma estória de fadas criada por seu coração de mulher. Outros, em outros tempos, que lessem aquela estranha notícia e nela acreditassem ou não, conforme os ditames e as experiências da consciência e do coração de cada um.

Certa manhã a cadeirinha do governador parou novamente à porta de Ângela e ele pediu licença para entrar.

— Pois não, meu conde. Você aqui é sempre bem-vindo, mas seria melhor que avisasse. Nós mulheres gostamos de nos mostrar bem vestidas e bem arrumadas — aquiesceu ela com certa petulância.

Dom Francisco não estava para brincadeiras. Vinha dizer que soubera que na matriz de Vila Boa iam correr os banhos anunciadores do casamento de Ângela com o Capitão José Rodrigues Jardim. Dom Francisco ali estava para pedir que ela esperasse mais algum tempo. O príncipe regente já estava no Brasil e as coisas começavam a ser alteradas, tornando menos severas as idiotas proibições das confrarias. Quem sabe Ângela não resolvia aceitar a proposta feita por ele, D. Francisco? Contudo, se tudo isso não fosse possível, que os nubentes aguardassem que ele, o governador, se retirasse de Vila Boa para depois correrem os pregões e se efetuar o casamento. Ele esperava não demorar muito mais na Vila.

— É o derradeiro pedido que lhe faço!

Ângela mostrou-se enleada, mas pedia licença para dizer o que sentia: Segundo pensava ela, D. Francisco não tinha o menor direito de interferir na sua vida particular dela Ângela, nem mesmo em nome de qualquer sentimento por acaso existente anteriormente. Ele não soubera respeitar tais sentimentos. E assim era ridículo aquele seu gesto e era verdadeiramente constrangida que ela lhe respondia que não ia atender o pedido:

— Não seria o caso de o governador apressar sua retirada da Vila? Quem sabe ele saísse antes do casamento!

— Que mulherzinha! — explodiu D. Francisco retirando-se. Podia transferir o alferes, isto é, Capitão Jardim, ou demiti-lo; podia tomar os filhos de Ângela e até aprisioná-la num lugar que a ninguém devia esclarecimentos, nem explicações. Contudo, não era homem para violências, bem ao contrário dos parentes, uma gente dura e terrível. Mas, pensando bem, Ângela era a mãe de seus filhos, o Zezinho tão mijão e tão risonho, Manuel, o mais novo, tão inocente; ela fora e ainda era o seu grande amor, a estrela de sua vida, que nenhuma outra substituiria.

— Ah, meu Deus! — e o governador pensou na carta de recomendações deixada pelo cauteloso e previdente Gomes Freire de Andrade. Tão inteligente, o conselheiro não previra uma situação como aquela, tão plausível, tão corriqueira, porém inadmissível dentro da lógica racional de uma administração real. Mas — que havia de fazer? — no mundo as coisas mais verdadeiramente importantes essas é que são sempre ignoradas e desprezadas. Quem se importava de proteger o ar que respiramos?

CAPÍTULO XXI

O TEMPO, ai! quanto pesava o tempo! E pensando nisso, na tarde triste que morria, D. Francisco recitava uns versos que de vez em quando lhe dizia o reverendo Cônego Silva e Sousa, mais ou menos assim:

"Vai-se o tempo correndo pelos montes.
Na mão a foice, a branca barba ao vento
Que as grandes asas corta em movimento.
Matando vai culpados como insontes."

Pensava o conde sobre sua transferência para Minas Gerais, cuja carta régia já saíra, mas o diabo de seu sucessor não chegava. Ele que esperava ficar em Goiás dois anos a menos do que o prazo normal de quatro anos, acabava ficando dois anos a mais! Ora, que diacho! E por falar no mau... vê quem lhe aparecia na sala! O reverendo Silva e Sousa em carne e osso, cheio de curvaturas e blandícias, aludindo-se logo à mitologia grega com a seguinte exclamação:

— Então, meu conde, debruçado sobre a própria imagem, qual outro Narciso!

— Pensava em ti, meu cônego. E dizem que não há transmissão de pensamento!

— Oh, pensava em mim! — fez o padre num tom chocarreiro.

— Quer dizer, pensava naqueles teus versos sobre o tempo: — "Vai o tempo correndo pelos montes" — proferiu em tom declamatório. Mas risonho o cônego corrigiu — Vai-se o tempo, meu conde, VAI-SE O TEMPO! Que não te esqueças do pequenino SE — e daí, como a pedir desculpas pela aula de métrica, adicionou: — Mas vê só o que são os ares. Faz cinco anos Goiás recebeu um militar, e agora vai devolver um poeta! — Entre novos risos, assentando-se no sofá da sala que ia escurecendo, Silva e Sousa tirou timidamente do bolso alguns papéis, enquanto dizia ao conde que estivera meditando sobre o significado da presença do príncipe regente no Brasil e se sentira deveras comovido. É um fato único na face da terra, meu governador, e talvez não se repita jamais. Toda uma Corte, velha Corte centenária da civilizada Europa, com uma tradição de mais de seis séculos de sólida e brilhante cultura, uma corte inteira se deslocando através dos mares em busca das plagas brasileiras! Isso é comovente, é terrível! Só mesmo um povo forte como o português seria capaz de semelhante audácia; está pedindo um novo Camões, um novo Homero ou Virgílio. Não se trata de fugir a Napoleão. Trata-se de alargar o mundo, de dilatar por outro hemisfério e outras latitudes a civilização e a polidez, uma aventura de tamanha fúria, que o pobre Napoleão se tornou um sapo, um mesquinho rato de esgoto. Que vale a espada diante do esplendor das artes, da filosofia e da ciência!? É o malfeitor engrandecido pelo malfeito cometido.

· Emocionado, exclamou o conde: — Pois escreve isso, homem de Deus! Isso é melhor que Camões ou Virgílio. Estou até arrepiado — completou arregaçando o punho da casaca e mostrando os pêlos eriçados do braço. — Faze por aí um outro *Os Lusíadas* que eu o publicarei com o ouro que está jorrando em Anicuns. Mãos à obra, sr. cônego!

— É o que estou tentando; estou pelejando, mas quem sou eu!? Falta-me estro, falta-me a fúria grande e sonorosa do imortal Camões. Contudo, perdoa este teu vaidoso servo, e ouve este trecho. Imagina Portugal e Brasil em frente ao templo da Glória, para onde os encaminha a História. Portugal tem como séquito antigos guerreiros dos tempos das conquistas e o Brasil seus indígenas armados de flecha e tacape. Para justificar a primazia em entrar no templo, Portugal faz sua apresentação pela seguinte forma. — Emocionado, o cônego lia:

*"Sou Portugal de heróicos pensamentos,
Que desde o berço a glória me reveste:
Que o nome excelso dos monarcas lusos
Sobre as asas da fama hei conduzido,
Vencendo Adamastor, do Tejo ao Indo:
Sou Portugal, que firme em lealdade
Desde a ocidental praia lusitana
Às mais remotas partes do Universo
Meu renome imortal tenho levado
Das armas afonsinas amparado."*

De pé, o governador bateu palmas e pediu que continuasse, que prosseguisse: — Vamos, meu cônego! Falando em Tejo, Adamastor, Índia, não há ninguém que fique indiferente. Uma beleza! Vamos, meu novo Camões, continua!

Lisonjeado, mas não confiando nem um pouco no bom gosto do conde, o cônego rodava nas mãos um molho de papéis escritos, sem decidir na continuação da leitura. E diante da insistência do conde, confessou que, na verdade, não tinha muita coisa mais além dessa estrofe, ou por outra, o que havia era esboço de outras estrofes, rascunhos sem nenhum merecimento: — Ademais, tenho que oficiar a novena na igreja da Abadia e já passa da hora, com licença, meu conde — e lá se foi o padre sob a vista emocionada do governador que, novamente só, principiou a dar um balanço nas suas atividades administrativas, às quais teve que pôr fim com a entrada na sala do fiel Penha, uma vela acesa no castiçal de manga de vidro numa das mãos, e na outra a salva de prata com uma carta.

Dom Francisco mandou que o Penha colocasse o castiçal no consolo e, puxando para perto a cadeira, abriu o envelope e começou a ler, ato que fez o camareiro retirar-se numa curvatura, com que teimava em preservar os hábitos cortesãos. Dizia a missiva que o novo capitão-general, o Sr. Fernando Freire Delgado de Castilho, ao tempo que o governador recebesse a carta, deveria já ter transposto as lindes dos Arrependidos, nos limites de Goiás com Minas Gerais. Com a carta esquecida entre os dedos, deixava-se o conde embalar pelos sonhos que lhe despertaram os versos de Silva e Sousa. Passava em revista seus anos de administração, que reputava boa, não tendo chegado nunca à prostração. Se não conseguiu colocar a capitania no nível do fausto do ouro, tinha a impressão de haver sustado o processo de decadência, por um instante. Seu nome era louvado por comerciantes e agricultores que enviaram novas expedições comerciais pelo Araguaia abaixo, rumo a Belém, de onde igualmente receberam produtos que venderam com lucros. O azar se encarregou de naufragar alguns barcos, de negar lucros a algumas expedições, no seio das quais semeou epidemias de tal modo graves que logo depois ninguém se arriscava a descer ou subir com mercadorias pelas águas tranqüilas do Araguaia ou pela caudal revolta do Tocantins. Também os rios que corriam para o sul mostraram-se indomáveis. As canoas que se desgarraram de Anicuns na tentativa de chegar ao litoral, perderam-se pelas muitas e ferozes cachoeiras e os tripulantes morreram ou desapareceram, não se tendo notícia nem do intimorato Guterrez, com sua fanfarronice e espanholadas de bom castelhano.

A desesperança instalou-se novamente em Goiás que reacendeu a velha fama de ser "a terra do que já foi", sem nunca ter completamente sido. Aqui outrora abundava o ouro; aqui outrora houve muita riqueza; aqui havia muita gente trabalhando; antigamente, o Araguaia foi navegado; em Vila Boa houve um Passeio Público, o primeiro do Brasil, anterior ao do Rio de Janeiro; houve um Horto Botânico como outro não existia. Nesse ponto, meio à socapa, para não incorrer no desagrado do governador que botara nisso tão grande empenho: aqui houve um Pavilhão de Diversões!

Nisso, a Corte aprovou o grande plano de reforma administrativa apresentado por D. Francisco: as dívidas do erário foram pagas, grande parte das dívidas para com o tesouro da capitania foram também recebidas; os "filhos da folha", inclusive os militares, tiveram seus pagamentos em dia, como de há muito não acontecia.

Aí, aconteceu o grande sonho. Anicuns começou a produzir ouro, o maior sonho do goiano e talvez do trono português e... e... e Ângela? Foi como um sonho nem bom nem mau que veio e que se foi, transformando o militar que atravessou os mares no poeta que o Cônego Silva e Sousa identificou naquela tarde de melancolias.

Dom Francisco de Assis Mascarenhas tomou no chão a carta que lhe escapara dos dedos e se pôs a ler trechos esparsos. O novo capitão-general era jovem, filho de um rico comerciante de vinhos do Porto, solteiro e plenamente capaz para o amor. Vinha sem mulher e tal notícia conhecida de antemão já sacudia Vila Boa. As mulheres puseram-se a preparar vestidos, cadeirinhas, palanquins, recorrer aos cremes e ervas aromáticas, a acender velas, fazer promessas, consultar feiticeiros e pretos-velhos, na esperança — uma das pouquíssimas esperanças da terra — de alguma ser escolhida amante do novo representante do rei ou de qualquer dignitário da comitiva. De outro lado, os homens amigados encheram-se de temores e ciúmes, que os que chegavam eram sempre novidade, e novidade nunca deixa de assanhar o belo sexo. Era botar o coração à larga, deixar a barba de molho e também a testa para suportar bem algum futuro chifre. Que fosse tudo como Deus quisesse! E mãos à obra, minha gente! Que se pusessem nas janelas as mais vistosas e custosas colchas e toalhas, que os sinos badalassem, que a velha peça de artilharia do quartel de dragões roncasse sua impotência, que todos envergassem as melhores roupas e usassem os melhores cavalos e arreios na grandiosa recepção; que viesse enfim o baile de praxe para que o novo governador tivesse uma visão geral da fina flor do mulherio; que mestre Apolônio e seus músicos executassem com requinte um lundu bem quente; que o erudito Padre Silva e Sousa escrevesse novo poema dedicado ao capitão-general, agora enaltecendo não os brasões da fidalguia, mas o caduceu de Mercúrio, esse filho de Júpiter e mensageiro dos deuses para estabelecer a amizade entre os homens e entre os povos, papel tão bem desempenhado pelo grande Vasco da Gama, na voz eterna de Camões; enfim, que a rotina continuasse pelo tempo afora, "na mão a foice, a branca barba ao vento".

CAPÍTULO XXII

VOLVIDOS OS ANOS, eis como um estudioso da História de Goiás pôde informar-se:

1 — "Depois de José de Almeida (Vasconcelos Soveral e Carvalho), foi D. Francisco (de Assis Mascarenhas), Marquês de São João da Palma, o mais hábil governador que teve a capitania de Goiás, excedendo a D. Marcos de Noronha e a João Manoel de Melo". [*Americano do Brasil,* Súmula da história de Goiás, 3. ed., Goiânia, Unigraf, p. 74.]

2 — "O Marquês de São João da Palma, D. Francisco de Assis Mascarenhas, casou aos 43 anos, em 1822, com D. Joana Bernardina, rica descendente do Coronel Joaquim Vicente dos Reis, proprietário da Fazenda do Colégio, em Campos, Estado do Rio de Janeiro, e dono de uma das maiores e mais sólidas fortunas do Brasil. Não teve filhos desse casamento." [*Revista Genealógica Brasileira,* do Instituto Genealógico Brasileiro, n.º 10, ano V, 1944, p. 299.]

3 — "A 31 de dezembro de 1831 tomava posse o terceiro presidente da Província (de Goiás), Coronel-de-Ordenanças José Rodrigues Jardim, possuidor de esmerada prática da arte de gover-

nar, de instrução sólida e de um grande conhecimento dos homens, alheio a todas as injunções políticas do momento. Sua administração foi longa e patriótica. Foi o primeiro goiano que teve o leme da província." [*Americano do Brasil* (Súmula da história de Goiás), 3. ed., Goiânia, Unigraf, 1982, p. 111.]

4 — Ângela Ludovico. A História nada registra sobre ela, que foi o motor que impulsionou todos esses homens e seus gestos de heroísmo ou covardia, amor e ódio. O mundo, como a História, é só dos homens.

Este livro foi impresso nas oficinas da
EDITORA GRÁFICA SERRANA LTDA.
Rua General Rondon, 1.500 – Petrópolis, RJ
para a
LIVRARIA JOSÉ OLYMPIO EDITORA S.A.
em setembro de 1998

*

66º aniversário desta Casa de livros, fundada em 29.11.1931

Qualquer livro desta Editora não encontrado nas livrarias pode ser pedido, pelo reembolso postal, à LIVRARIA JOSÉ OLYMPIO EDITORA S.A.

Rua da Glória, 344/4º andar
20241-180 – Rio de Janeiro, RJ
PABX: (021) 509-6939 – Fax: (021) 242-0802